我所不知道的那一天

The Day
I Didn't Know

A.Z.——作

目次

我的聲音

我曾想過無數個狀況來面對求婚失敗這件事，比如說她認為我的存款還是不夠多，不敢把下半生交付給我，又或者是她還不確定夠不夠愛我，更慘一點，會直接告訴我沒有想和我共度未來的打算。以靜書溫柔的個性一定不會當面拒絕我，她會委婉地說：「給我一點時間考慮。」隔天再傳訊息拒絕我，或者她會面有難色，一句話也答不上來——這些狀況我都想過了，所有壞的可能我都有心理準備了。

但昨晚，在我們小小的家裡，當我忽然下跪結巴地說完一長串的求婚詞時，她哭了，應該說從我跪下的那刻起，她的眼淚就一直停不下來，最後哭到哽咽地說：

「我當然願意！」

她願意，靜書說她願意。過去到現在沒有任何一瞬間的快樂，能比得上那一刻。

我顫抖地替她戴上戒指，她給了我一個深深的擁抱，我們抱了很久很久，久到我都能算出她的心臟頻率，久到我的胸口都有點冒汗。

「溫奎臣，遇見你，是我這一生最大的幸運。」

「妳在說什麼啊？這才是我想說的。楊靜書，謝謝妳來到我這黯淡無光的人生，謝謝妳讓我知道活下去是有意義的。」

宛如交換誓言般，我們說出了對彼此最真摯的告白，我以為那就是我們之間的故事結局了，我本來那樣以為。

直到現在，過了不到二十四小時的傍晚，我提著慶祝的小蛋糕回家，卻發現她不在，不只人不在，連衣櫃裡的衣服、書桌上的化妝品，所有關於她的一切通通都消失了。

她的電話號碼變成了一組空號，她的同事說她今天沒有上班，而且聽說臨時辭職了，連剩下的薪水都不要。

這種狀況，我還真的沒有想過。

沒想過求個婚，竟然會讓她消失得這麼徹底。

如果有人問我，可以去她的老家找啊，問清楚至少不會這麼不明不白，連為什麼被分手的原因都不知道。

我並不知道她的家人在哪。

我們交往了快三年，因為我身兼兩份工作，晚上還要去宅配公司上班四個小時的緣故，我們約會的地點經常就是家裡，很少有時間一起去哪玩，頂多去附近的美術館走走。

大多時候，我們都在聊一起追的劇，因為我們是不同時間看的，所以像這樣有個共同話題，讓我們很樂在其中。

其他時候，她會聊在公司發生的大小事、獨自放假時去哪些新奇的地方走走，再關心我，最近有沒有不開心的事想分享。每次我都覺得，我們彼此的心靈非常契合，尤其是在我因為惡夢睡不好時，她一定會醒來陪著我，靜靜握著我的手，陪我度過煎熬的時刻。

人啊，都有種劣根性。愈害怕被別人知道的，反而自己也不敢主動問人家，所以，我從沒主動問過她的父母住哪、家鄉是本地還是外地，這些重要的問題即使到了快要求婚時，我也故意忽略不去想——反正真的要面對時再想辦法就好，我只想知道靜書願不願意嫁給我。我當時的這個想法，真的很愚蠢。

我不死心又打了一次電話給她的同事家家。每次她分享生活大小事最常提到的就是她，再加上臉書可以直接通話，才讓我不至於連個可以試著連絡的人也沒有。

「家家，是我溫奎臣。」

「你還是沒連絡上靜書嗎？」

「對、沒有……」

「唉，我也沒什麼能夠幫到你，你們吵架吵得這麼嚴重，讓她不得不突然辭掉工作？」

「我們沒有吵架，總之一言難盡。我想問妳，靜書還有沒有其他要好的同事或是朋友？」

「她難道沒提到過別人嗎？」

「沒有……」

「我還以為她是那種只跟同事刻意保持距離的人，沒想到連朋友都沒有啊……」

「刻意保持距離？妳們不是經常一起去看展或吃飯嗎？」

「啊……你是看我們的打卡吧？如果那樣也算要好的話，就算吧。只是她從來不聊自己的事，每次問她什麼，都搞得我們這些人就像想探人八卦的傢伙一樣，很不舒服。雖然我們出去過幾次，但都是她邀約，說是有多的展覽票啦、還是多的餐卷，不去白不去嘛。」

「這樣啊……」

「我是真的幫不上忙，如果沒有別的問題的話……等等，她老家好像是在鳳山？我記得是在鳳山城隍廟附近。有次出去剛好有廟會經過，她突然很準確地說出，那天是哪個神明的生日，總之不是天公、土地公，是非常小眾的那種。她後來才解釋，小時候家附近有城隍廟，所以算是跟著廟會一起長大的。」

「那妳怎麼確定那就是鳳山？」

「她常說起鳳山的美食，比如我們吃肉圓的時候會說還是赤山肉圓比較好吃，去逛瑞豐的時候，會說還是中華夜市好吃的比較多……這只是我的猜測啦，也有可能是外地的城隍廟。我知道的就這麼多了，保重吧。」

常說起鳳山。

經家家這麼一說，曾經沒在意過的小細節一一浮上腦海，她的確常無意間說起鳳山，有次我們還一起去了衛武營的彩繪村，那個社區雖說是彩繪村，但要找到適合拍照的圖案並不好找，她卻熟門熟路地拉著我拍了幾個必拍的壁畫，就好像她已經來過一樣。我那時沒想那麼多，真的以為她只是跟朋友來過了。

可是她跟家家沒那麼要好這件事更讓我吃驚。

她很常提起家家、出去玩也都是找家家，都說她們是興趣相投的好朋友，在工作上也很常互相幫忙……

這一切，原來都只是她一廂情願？還是她本來就一直對我刻意隱瞞……

不，再想想，連她的同事都能揣測到這麼多了，沒道理我什麼都沒發現，一定有什麼人名、地名是她不小心講出來過的！

我想了半天，最後洩氣地開了啤酒走到窗邊，拉開窗戶，窗台上還放了一小盆仙人掌，我想起盆栽的由來。

因為經濟上比較拮据，我只租得起這樣六坪大的房子，累了一天想放鬆，只能拿著啤酒站在窗邊喝，邊喝還能邊看看小巷裡偶爾來往的人車，算是打發無聊。

我想起，靜書第一次看我站在這喝酒的時候。

「你怎麼老喜歡站在這兒喝酒？」

「這樣我就可以想像，我是躺在陽台上喝酒，不是很愜意嗎？」

「你還真是我看過最容易自得其樂的人。」

「因為活得苦，所以只能做點無謂想像，好讓自己的心情不要那麼悲哀囉。」

「別說這種喪氣話，來！今天我買了小仙人掌，就幫你放在這，以後你喝酒就不無聊了。」

「放這個幹麼？」

「以前高中的時候，我們的班導教我們的，她說放個綠色小盆栽可以神奇地改變心情。啊啊、忽然好想念高老師啊，也不知道她現在退休了沒。」

「我以為大家畢業就再也不想看到老師了。」

「誰說的？我們高雲卉老師可是我人生中最棒的老師了！啊、她名字的卉剛好是花卉的卉！難怪她當時會這樣講！」

靜書就是這樣，平時很文靜，但要是忽然講起某一個自己覺得有趣的地方，會像發現新大陸似的，相當興奮，像個小孩一樣。

等等、高ㄩㄣˊ卉？姑且中間那個字是哪個字還不知道，但範圍縮小了啊！

我立刻拿出手機打出關鍵字搜尋，只換了兩次字，就找到了鳳山一所高職的教師介紹的網頁，就有這名老師！

我正要拿手機向主管臨時請假，但家中電鈴卻忽然響起，我充滿期待地把門打開，來的卻是我從小到大的老友王必軒。

他穿著沾滿沙土的衣服，看起來應該是剛下工就直接來我家了，他很常這樣，一下班就提著便當和啤酒賴在我家，每次說他滿身汗臭，叫他滾回家都假裝沒聽到。

「快快快！老子餓死了！今天大加班工頭也不給我們買點吃的！夠血汗了！」他不由分說地衝進屋，打開裝得滿滿的燒肉便當就吃起來。

他滿嘴食物地問：「怎麼沒看到你女友？她也加班啊？」

「沒有，她……她失蹤了。」

阿軒一口飯差點就噎著，猛力咳了好幾下，喝了啤酒才有辦法開口：「你在開什麼無聊玩笑啊？吵架了？」

我抹了把臉，把手上的啤酒喝完，從他的袋子裡拿出一瓶新的。「我昨晚向她求婚，然候今天下班她的東西就通通不見了、電話停了、工作辭了，什麼都沒了。」

阿軒旺盛的食慾似乎被我中斷了，我感到有點抱歉，他做了一天的工，應該很餓，但聽到我說的這些，他放下了筷子。

「那個……阿臣啊……有件事我不知道該不該說。」

這種話的開頭，通常接下來的事情一定很不妙，其實我有點後悔，我也許根本不該叫阿軒說下去的，這樣我就還能幻想著，也許靜書只是太恐婚了，也許靜書是家裡忽然出大事了，也許她……

「你說。」

「她之前，有來問過我**那件事**。」

我真的，不該問的。

※

那件事。

那件事是哪件事我真的不想回憶，那是我悲慘人生的高峰，是我最怕被別人知道的過往，是我……打算一輩子都不想讓靜書知道的祕密。

「她怎麼問的？你一字不漏地說給我聽。」

「有天她突然跑到我的工地來，說是經過附近正巧看到我，就來打個招呼。我還挺不好意思的，讓兄弟的女友買飲料來探班，結果她忽然問：『這麼多年了，阿臣還對那件事耿耿於懷嗎？』我問什麼事，她就直接說出來了，我嚇到飲料都打翻了！她臉色倒是平靜，好像已經知道很久一樣。她接著說：『別讓阿臣知道我問過你，你是他最好的朋友，我想如果是你，也許會聽到他對你訴苦兩句，但如果他忘了……』聽她那樣講，我很不想讓她認為你已經忘了，那樣感覺你很不負責任。所以我就說：『阿臣他，一刻都沒有忘記過，直到現在。』」阿軒愈說頭愈低，連我都不知道該說什麼好了。

對啊，我一刻都沒有忘過。我的惡夢也都是在重演那一天，我就像個明明還活著，卻做著自殺死掉的鬼一樣的行為，一直不由自主地重複同一天，重複在同樣的時間點，痛苦大叫醒來。

我又咕嚕咕嚕地喝了好幾口酒，酒變苦了，本來都不覺得苦的。

「我說完那些，她表情看起來很嚴肅，真的超嚴肅！你也知道我表達能力不好，不會形容。我當天就殺來你家吃飯，發現你們的互動很平常，她看起來也沒怎樣，我就、我就……什麼都沒告訴你了。」
「沒事，這本來就不關你的事，你沒告訴我只是因為先答應了她，你沒有錯。」
「可是，那也是半年前的事了啊！我不認為和你向她求婚然後消失這件事有關。」
「半年?那麼久了啊……但怎麼可能無關，她一定是不想跟我這種人過下半生吧！以靜書溫吞的個性，搞不好這半年她都在找小辮子，正絞盡腦汁地想要和我分手呢！」
又來了。
我好討厭這樣的自己。
每次一有不好的事發生，我總會說出一些傷害自己的難聽話，把自己說得很糟，把別人的心態也想得很糟，好像所有糟糕的詞都加在我的人生裡，我都覺得不夠。而且我停不下來。
「對啊！她一定是這樣的！這下子好了，我開口求婚了，她終於能有個光明正大的藉口了，就是不想和我結婚所以才逃走，搞得像我拿刀逼著她結婚似的！哈！她也是聰明啦，知道我是這種人還不逃的話，不就是傻瓜了！」
「阿臣！夠了！」阿軒用力拍了桌子，小小摺疊桌經不住他這樣拍，上頭的瓶瓶罐罐掉了幾瓶在地上，我這才冷靜下來。

「對不起。」

「沒事，我還能不了解你嗎？」他用力拍了拍我的背，重開了兩瓶酒。「喝吧！都喝了。」

是啊，都喝了，喝了就能忘了，喝了就不痛了，喝了就能好好睡了。

這麼多年來，我不都是這樣過的嗎？只不過因為認識了靜書一年多，我學會了依賴，才忘了原先我是怎麼度過痛苦的。

「阿軒，我看我這輩子，只能這樣了吧，一輩子活著只為了還債，還到我死為止，什麼快樂都不會有。」

「喝吧、喝吧。」阿軒不擅表達，每次這種時候，他只能這樣說，但我知道，他是真心關心我這個朋友，才會經常都跑來我家吃飽飯了才走，這麼多年來，他一直都陪著我，無論『那件事』發生以前還是以後，他對我的態度都沒變。

也只有他能這樣包容了。

就連這麼好的靜書，都無法接受了。

※

就算前一晚喝得再醉，隔天才剛天亮，我早早就起床梳洗，昨晚阿軒久違地在這過夜了，此時的他還在小沙發上呼呼大睡，距離他要上工的時間還早，但我不行。尤其昨晚的打工又請了假，白天的工作更要努力一點。

我的工作是專門替人代班，往北最遠可以到台南市上班，往南最遠可以到屏東枋寮，只要是可以兩個小時內騎車抵達的工作，我都接。

舉凡網路工程師、化學實驗室、電腦繪圖、會計、網頁設計、打雜，任何能想得到的辦公室職業，我都考了一堆繁複的證照，隨時讓需要代班一、兩天的人找我幫忙。

這個工作雖然累，需要去不同的地方跑來跑去，但這些賺來的錢加上一周ＰＴ五天的宅配兼職，減去還債的部分，我還能勉強過活。

像今天就是去電信業替客服人員代班，我邊騎車邊調整自己的嗓音，希望能調到一個最標準的狀態，等等才能直接上工。

做這些事，至少暫時不用想起靜書。

不，我還是想起來了。

想起她第一次看我練習嗓音校正的時候，一直打亂我地，點了好幾首歌讓我唱。

「拜託，再唱一首就好。」

「唉……別鬧，等等我要出門上班了。」

「真的最後一首，誰叫你唱歌那麼好聽。」她眼睛笑得彎彎的，手自然地把頭髮往耳後塞，每次我都被她的笑容迷住，不知不覺就完成她的心願。

每當我一連唱了好幾首，她都會說：「奎啊，我真希望到老了都還能聽你唱歌，那我輩子該有多幸福啊。」

她都叫我奎。

別人都叫我『阿臣』，只有她，從我們正式在一起之後就改叫我奎了。

「我不想跟別人一樣，我希望能有一個只有我會喊的名字，這樣我在你的心裡才能特別一點。」

「那我也要叫妳名字的一個字嗎？」

「不要，我喜歡聽你喊我的名字，這樣感覺也很特別，不覺得嗎？」她那時，笑得很溫柔。

她不知道，她根本不需要做這些，在我的心底已經特別得不像話了，特別到，我想要小心翼翼地珍惜。

但，一切都成空。

她走了。

最後她還是像當時的很多人一樣，都走了。

沒有人會為我這種人留下的，這輩子都不會有。

我注定只能看著別人掉頭就走的背影，還要努力維護，微不足道的自尊，不讓自己對那些人喊出一聲：「別走。」

清晨的風今天異常刺骨，明明季節已經入春了，白天都很熱，為何今天的風會這樣冰冷呢。

很快地，我恢復成還沒遇見靜書以前的日子，軌跡彷彿從未消失過，才幾天時間，就順利地把我擺回那個痛苦的軌道上，曾經出現過的變軌，控制軌道的板手已經把我扳回來了，不問我願不願意地，扳回來了。

就這樣過了快一個月，阿軒這陣子天天都來，頻繁到他女友還打電話跟我抱怨，可不可以不要這麼常纏著她的男朋友。

苦笑歸苦笑，但因為有阿軒在這屋子裡整天嚷嚷，我才能這麼快做到不去想她。

「喂！你樓下信箱都爆了！就算再怎麼不想繳帳單，也不用讓信一直塞著吧？郵差很辛苦耶。」

阿軒把一大疊的信放在桌上，踩著一雙臭腳丫子跑去廁所洗腳了。

啊、原來還有個習慣沒改啊。

和靜書同居了八個多月，信一直都是她收的。

「我喜歡收信，就算只是帳單，我還是會期待有沒有人從遠方寫封信、或是明信片給我。看你的臉，我猜你一定想說：『現在的明信片都是某某廣告寄來的。』那樣也沒關係，至少上面的屬名，是給我的。」

最近老是這樣，即使我再怎麼努力遺忘，一不小心她說過的話就像插播新聞一樣，強行介入我的大腦。

我嘆口氣，整理著帳單和廣告信，忽然從中滑出一張明信片，我愣了愣，竟然是手寫字，而且……最下方的名字寫著『靜書留』。

「一直想告訴你，你不是個罪人，而是解救我的恩人，更是我這輩子一生愧疚的人，所以我們不能結婚，我願用一生所有的幸運，來祈禱你的未來是幸福的。靜書留。」

「什麼……意思？」

我不懂，為什麼要祈禱我是幸福的？沒有了妳，我怎麼可能幸福得起來？我怎麼可能還有辦法再快樂起來？我……

我發現我哭出了聲音，這麼多年都不曾哭過的我，竟然狼狽地滿臉鼻涕眼淚地大哭起來！

「喂！你怎麼啦？卡到了嗎？喂！你別嚇我啊！你哭得好可怕！」阿軒從廁所衝出來，看我哭到不能自已，他很慌張，甚至還慌到打給女朋友。

「恰恰！阿臣忽然大哭了！都停不下來，我要不要趕快帶他去宮廟收驚？我白痴？不是，他從沒這樣哭過，就連……唉！就連發生了很大的事也沒這樣過！喂？喂喂？沒禮貌！居然掛我電話！」

阿軒又在耍智障了，這麼愚蠢的行為明明讓我想笑，但我的哭穴像被人點到一樣，整整哭了半個多小時，我的雙眼都腫到睜不開了才停下。

我怎麼會哭成這樣呢？

知道母親過世的時候，我也沒哭成這樣，只是掉了幾滴眼淚，就把傷心吞到肚子裡了。

我想，一定是因為，從來沒有人這樣為我祈禱過的關係吧。

祈禱我的未來是幸福的。

※

那一天是怎樣的一天呢？當靜書來到我人生的那一天，耳邊彷彿出現了清脆的風鈴聲，有股暖流從指間一路延伸到全身，心中某個已經死去的部分，像得到聖水復活似的，一點一滴暖起來。那一天，是那樣美好。

那天靜書慌張的聲音從電話裡傳來，彷彿有什麼十萬火急的事，需要人家幫忙代班。

「請問是專門幫人代班的溫先生嗎？不好意思這個時間打來，如果臨時需要你在最短的時間內趕來公司代班，不知道你方不方便？」

那時是早上八點多，很巧的是那天我並沒有工作，早上因為阿軒關門得太大聲才把我吵醒了。「只要不是外縣市，我應該都能很快趕到，妳那是哪間公司？負責什麼職位？」

「我的職位是文書，你只需要代班上午的時間就好，重要的工作我會排在下午，上午你只需要 key 資料就可以了，地址我馬上發給你，希望你能愈快愈好！麻煩你了！」

可能真的有什麼很重要的事，她的聲音聽起來都快哭了，我迅速盥洗後就出門，只花了不到二十分鐘就抵達她的公司。

那天，她捲了一頭微卷的大波浪，讓她的中長髮以相當浪漫的捲度垂在肩上，她的聲音如同在電話中一樣，帶了點娃娃音，配上她的娃娃臉，一時讓人看不出年紀，還以為她是剛畢業的大學生。

「謝謝你！我已經跟我的同事家家交代過了，她會幫忙帶你稍為熟悉一下，然後要做的事情我全都寫在ＭＥＭＯ上了。」她的語速很快，連再見都沒說，就急忙地走了。

當她轉身那刻，後衣領上居然還釘著送洗的姓名籤，我不禁莞爾，看來是個相當脫線的小員工啊。

我沒有多想，熟悉工作空間後，就按照順序地完成該做的工作，到了接近中午休息時間，部門內卻忽然出了一件意外！

部長的祕書擅自改了合約書的金額，只因為她發現金額的數字少打一個零，不僅如此，她改完還直接跟部長告知這件事，部長自己的臉拉不下來，就直接破口大罵！

「就說你們現在這一代一點禮貌都不懂！我是妳的上司、妳的主管！修改合約這種事是妳區區一個祕書在不用匯報的情況下可以做的嗎？那是不是以後需要批閱的文件，也由妳自行決定要不要交給我？妳是不是搞錯妳工作的角色了？不只如此，妳還反過來指責我?!簡直不可理喻！」

小祕書被罵得眼睛都紅了，但個性似乎很不服輸，用著一雙銳利地眼睛死死瞪著部長。「部長，少一個零很嚴重，而且那個合約今天就要寄出了，我沒有做錯！」

「妳還敢繼續頂嘴！」

此時，那個特別的娃娃音出現了，她用著俐落的語調說：「部長！小雲確實不應該，無論如何部長都是我們的主管，如果連對主管的尊重都沒有的話，那就等於不尊重整個公司。」

「楊靜書，沒妳的事。」部長似乎完全不領情，睨了她一眼。

「不是的部長，我只是看不下去同事這麼不尊重部長而已。可是小雲她也是因為擔心部長您才會這麼做的，部長今天早上開了一個長會議，下午還要拜訪另外兩家公司，回來之後還有兩個會議排程，在行程這麼忙的情況下，如果還要先得到您的許可，恐怕會來不及把合約寄出，您可是忙到連午餐都要沒時間吃了呢，對了，我有替部長買了一份午餐，請部長不要嫌棄。」她說著，把手中的高級餐盒遞出去，部長的神色已經好了很多。

「喂！妳聽到了沒有，尊重兩個字懂不懂？」

「小雲，不要因為意氣用事而讓部長誤解了妳原本的用意，妳每次都會把工作檢查兩、三遍才放心，明明做得這麼仔細，卻從來沒有邀功，是個很棒的祕書呢。」

小雲一愣，表情充滿驚訝，這才低頭改口。「部長，我的態度不好對不起，沒有尊重部長也對不起，以後我絕對不會再犯這種沒有先報備就擅自執行的錯誤。」

「算了！讓妳受點教訓就差不多了，我也沒時間在妳一個人身上浪費這麼多時間！」

終於成功安撫好部長，眾人都鬆了一口氣，靜書一改剛剛的冷靜，匆忙跑到我的跟前。「溫先生，真的很不好意思，本來要給您的便當沒有了，我會把要請您的便當錢加在費用裡！」

看著她一下子當個冷靜的和事佬，一下子又晃著送洗的標籤道歉，我噗哧笑了出來。

見我突兀一笑，她的表情很不解。

「那個、不介意的話，現在請我吃飯也沒問題。」我為什麼會突然這樣脫口呢？連我自己都搞不清楚。這世上哪有男生叫女生請吃飯的，我說完都要為自己的厚臉皮臉紅了。

但沒想到的是，她輕輕把頭髮塞到耳後，笑著說：「好啊！」

一起去吃飯的途中，她又道謝了一次。「真的很感謝有溫先生的幫忙，我才能及時趕回家，不然我家的屋子一定會燒起來！」

「啊？」

「今天想說要練習夾電棒卷，結果出門忘了拔了！如果請假一、兩個小時會影響到考績，是我同事說有你這樣的代班專家，才救了我一命，真的很謝謝你！」
「妳說電棒卷嗎？是新買的嗎？」
「對啊。」
「最近新出的電棒卷都有自動斷電功能喔……」
「……」她的眼睛愈瞪愈大，像是一隻受到驚嚇的天竺鼠，就這樣動也不動地僵了好幾秒，這才懊惱地罵自己笨。
「還有，雖然這樣說有點失禮，楊小姐妳的送洗標籤……」
她激動地把手伸到後方衣領上，臉已經從脖子紅到耳根了！
「我、我不是故意，抱歉、我……」
「溫先生，請把今天的午餐當作是封口費，一輩子都不能告訴別人喔！」
「沒問題。」我又笑了，不是笑她傻，是笑她因為覺得丟臉而驚慌的樣子，真的太有趣了。
「既然是封口費，那可不能吃個食堂就解決，我們去吃燒肉吧！」
「妳的情緒轉換得真快，我想妳一定是那種很快就就能度過挫折的人吧。」
「嗯……我只是很會遺忘。你看，我就忘了關電棒、忘了拔標籤。」她笑了笑，自嘲地說。

「遺忘啊，這樣很好，我很希望自己也有這個能力呢。」

「溫先生有什麼想遺忘的事嗎？」

「有啊，很多。」

她停下步伐，眨了眨靈動的雙眼。「那下次想遺忘的時候就學我吧，閉上眼，幻想自己人生如果變成怎樣會是最開心的畫面，然後深吸一口氣，把這個幻想吸進身體的每個部份，再吐氣，就能把壞事通通吐掉了。」

我不知道這個步驟到底有沒有效，我只知道，站在陽光下這樣示範的她很耀眼，用著一雙真誠的眼睛看著我的她，讓人很心動。

那一刻，我忘了自己是個沒有資格心動的人，忘了自己的身分，那些不好的事好像真的暫時都被我忘掉了，我的腦海裡就只有她，楊靜書。

回到現實，我照著靜書說的步驟，呼吸、吐氣，但無論我閉上眼多少次，失去她的痛苦都沒有消失。

「這個方法一點用都沒有啊，靜書……這沒用啊……」

我不想再坐以待斃，我想要了解她，徹徹底底地了解她，想知道她為何會在明信片上這麼說，想知道她消失的真正原因，只要不是討厭我，我就是沒辦法這樣放下。

用著那樣的文字寫出那些溫柔到讓我想哭的話，如果不去問問本人，我……

「我會找到妳的，靜書。」

趁著學校的午休時間，我正式拜訪了高雲卉老師，她看起來年紀相當大了，卻還沒退休讓我很驚訝。

「孩子，老師是在哪一年教過你的呢？」高老師的表情慈祥，對於我這樣突然來訪，不但沒有反感，還很親切。

「不是的，我是因為女朋友的關係才來的，因為她曾經是高老師的學生，她叫楊靜書，我給您看我們的合照……」

「靜書？是靜書的男朋友啊！我當然記得她！」高老師眼睛一亮。「那孩子，直到現在每年教師節都還會來找我呢！」

「靜書她每年都來嗎？」

「嗯！十年前她復學後已經不在我的班，卻還是常常找我聊天，連畢了業還是每年都來，是個乖孩子呢。」

「復學？她……」

高老師表情緊繃了一下，這才笑了笑。「看我，教太多學生都把東記成西了！復學的是另一個孩子，不是靜書。」

「這樣啊……」是我的錯覺嗎？我總覺得高老師的解釋有點牽強，但年紀這麼大的確有可能把人事物記錯。

「我可以看看你們的合照嗎？」高老師問道。接過手機後她一張張仔細地看，看到靜書扮鬼臉她會笑，看到靜書的意境照會欣賞很久，簡直就把靜書當成自己的孩子似的。

「真好、真好啊！她現在跟她去年說的一樣，真的很幸福呢！謝謝你啊，讓靜書變得這麼幸福。」

真正變幸福的人，是我才對啊。

「那你今天怎麼會私下來找我？」

「其實……靜書她、在我向她求婚後隔天就失蹤了！」我把情況大致說明，通常親近的人聽到這種事一定會臉色大變，但高老師卻沒有，那張慈祥的臉像定格似的，一直維持著若有似無的笑聽我說完。

「嗯、這樣啊。」高老師的回應有點冷靜，就好像她早就知道靜書會失蹤似的。

「您有什麼線索嗎？比如說靜書的老家或是她可能會去的地方？」

「孩子啊，她是主動消失的，那不就代表了她已經不想見到你了嗎？」這句話太過一針見血，我的心像被人用針狠狠地扎了一下。

「高老師，靜書如果就這樣直接消失了我一定不會找她，但是她還寄給我一張不明所以的明信片，我不能……不管。」

高老師的眼底似乎有光芒波動，她沉吟一會兒才緩緩說道：「孩子，你真的很愛她呢，就算她可能和你想得不一樣，你還是會繼續愛她嗎？」

「高老師，人哪有一種樣子，不管她有幾種樣貌，我都愛她。」

「哈哈哈！真是個不錯的孩子。我不知道她的家人們現在都搬去哪兒了，但她家以前就住在城隍廟旁邊的巷子第一戶，你可以去那問問，看有沒有人知道他們家搬去哪。其他的事，我不是當事人，就不方便說了。」

「謝謝高老師！」我立刻起深鞠躬道謝，準備離開之際，老師又叫住了我。

「對了，你說你叫溫奎臣？」

「對！」

「怪了，她上次明明和我說，你的名字叫王必軒，是我記錯了嗎？」

「您確定說的是我嗎？」

「嗯、我上次就看過一次你們的合照了，不然我怎麼願意見你呢？」

我的眉頭皺得更深了，為什麼靜書要說阿軒的名字呢？高老師不可能記錯，因為她都已經說得出全名了，代表真的有聽過。

難道……阿軒告訴我的並不是全部？難道她跟阿軒……一有這種荒唐的想法，腦海馬上出現恰恰兇悍的神情和阿軒每次都被咬得手臂瘀青的慘況……不可能、不可能！再怎樣阿軒都不可能背叛我，他愛恰恰愛得要死，對其他人完全沒興趣。

手機傳來一封簡訊，打斷了我的思緒。

訊息上寫著：「你為什麼不去死？憑什麼你還能正常地活著？憑什麼、憑什麼、憑什麼！快去死、去死去死去死去死去死去死去死去死去死去死去死去死去死去死去死去死去死去死！」

猶如詛咒一般的訊息一如既往地從那個人的手機裡傳來，每次看到這樣的訊息，為了怕被靜書看到，我基本都是回完馬上刪掉。

這次，我也做出同樣的回應：「嗯，我會去死的，一定會。」

只要這樣回就可以了，只要這樣說那個人就會安靜下來，可能幾天、幾星期，不一定。

這是我的罪，一輩子都得償還的罪。

把手機收回口袋，從學校到靜書的舊家其實很近，到了城隍廟，我決定進去點上一炷香，祈求城隍爺能讓我順利找到靜書。

走出廟宇後，也許是心理因素，剛剛被簡訊干擾的心情好像平靜下來了。

原來神連我這種人都會多少照拂啊，有時覺得逃犯、黑道的人喜歡拜神很好笑，是拜神哪！神會不知道這些人做了多少壞事嗎？怎麼可能會保佑他們？但偏偏他們就是覺得被庇佑了，才會這麼地虔誠。

所以在神的面前，是沒有好人、壞人之分的吧？因為是神，才能包容全部的人吧？多偉大啊。

只有在這種時候，我才覺得自己跟大家沒什麼不一樣，神是平等地愛著我的。

走進巷弄，可以看見這個時間已經放學的小學生，正在家門前踢球，或是拿著玩具互相比拼，那樣的純真美好，看幾遍都不會膩，畢竟那是大人再也無法擁有的快樂。

第一戶人家是空著的，門口停了一輛生鏽的機車，看起來似乎已經很常一段時間沒人居住。

我打開滿是灰塵的信箱，裡面除了泛黃的廣告紙，其他什麼也沒有。

「喂！你誰啊？」隔壁拄著拐杖的老爺爺，惡狠狠地問道，雖然口氣凶狠，但他看起來站得很吃力，只是在虛張聲勢而已。

「我是……來找楊靜書的，請問他們一家人原本不是住在這兒嗎？」

「我剛剛就問了，你是誰？」

「我叫溫奎臣，是楊靜書的高中同學，高老師最近要退休了，希望能找一些以前教過的學生相聚，一起辦一場退休宴，因為沒有連絡電話，所以我才直接找來了。」我臉不紅、氣不喘地說了一套說辭，還好我的面相長得誠懇，眼前本來充滿敵意的老爺爺緩緩表情嘆口氣。

「這樣啊，那個高老師要退休了啊……嗯、可是我怎麼沒在這附近看過你？」

「我那時戶籍是寄在別人家，所以……」完了，他要是再問我是寄誰家的話就穿幫了！

「知道、知道！我們這間高中多好啊！一堆人想寄戶籍來這兒念呢！行吧，我是有他們家的住址，因為我每個月都會幫忙把寄來這裡信件寄給他們，雖然他們搬走好幾年了，但這間房子他們一直沒賣掉。」老爺爺懷念地說了起來。

「以前啊，靜書那孩子陰沉得很，念高中時叛逆期，翹家好長一段時間，回來後就好一點，至少會打招呼、會笑了。他們一家子都很高興，但……沒幾個月就經常有人找上門來，說是靜書在外頭借了高利貸！這太可笑了，未成年的孩子怎麼可能有資格借？就是來坑人的！那些遊手好閒的，沒事就來鬧！警察也管不了，最後一等靜書畢業他們就搬走了。」

「這太扯了，他們這樣鬧，那當初是怎麼同意把錢借給靜書的？靜書不說，那些黑道說是她男朋友借的，但是用她的名義。聽說啊，靜書怎樣都不肯說出男友的名字和連絡方式。」

「老爺爺你和他們家的關係肯定很好吧，知道得還真清楚。」

「當然好啦！我是靜書的表舅！」

我恍然大悟，原來他們是親戚，剛剛還覺得這老人很可疑，如果是親戚的話就說得通了。

不過，靜書以前居然翹過家？不管怎樣這都很難以置信，她看起來不像會做那種事的人……不、這世上又有誰看起來像會做什麼事呢？我看起來，不也人畜無害嗎？

離去之際，我忍不住又多看了一眼舊屋，想像著多年前，靜書也像那些孩子們一樣，無憂地笑著、玩著，那是我沒參與到的人生。

「靜書啊、以前很喜歡旋轉木馬，手上老捧著一個旋轉木馬玩具不放，她媽媽老說，她以後想去遊樂園工作，哈哈！童言無忌啊！」老爺爺笑了笑，這些話不像在對我說，更像在對自己的回憶說。

旋轉木馬。

靜書喜歡旋轉木馬嗎？她從來沒表現出來過。

上次我們一起去駁二看白色旋轉木馬的時候，她還一臉平靜地說：「真好啊，只有小孩子才會喜歡這個。」

「誰說的，也很多大人有搭啊。」

「但他們感受到的快樂，肯定跟小時候不一樣。」

「哪裡不一樣？」

「奎，真的不一樣，就像……」

她沒有把話說完，下一秒她忽然改口說想要買雞蛋糕，就沒繼續說那句話了。

像什麼呢？

本來很喜歡的事，長大就不喜歡了嗎？

算了，我根本不知道喜歡一件事是什麼感覺，我的人生，從來沒允許過我能做夢，幾乎是從我有記憶開始，我就一直不停地在工作。

好像我不過這樣的生活，明天生命就會被奪走似的。

因為爸爸欠下一屁股賭債就消失的緣故，我跟媽媽一直都過著很苦的日子，常常要搬家不說，就連穿去學校的制服都是人家穿破、穿舊的，下課了永遠有做不完的手工藝品，睡覺的時間永遠不超過五個小時。

喜歡一件事，太奢侈了。

而靜書曾經擁有過這麼珍貴的東西，為什麼後來失去了呢？

我甚至有點好奇那時讓她不顧一切翹家的男人，長什麼樣子、做什麼職業，會不會就是因為他回去找她了，所以她才不要我。

啊、該死。

在水落石出之前，我可能會先被我這糟糕的自卑感給淹死。

手機傳來急促的鈴聲，竟然是「那個號碼」打來的，這是不是她第一次打來？因為她好像連聽到我的聲音都會厭惡，怎麼會打來呢？

我怯生生地接起。「喂……？」

「你的女朋友叫楊靜書是嗎？」

「您怎麼會知道……」

「你他媽的垃圾！你是故意的嗎！故意讓她來家裡找我說那些話的嗎！還叫我以後不要再傳簡訊給你……我、我偏要傳！我從現在開始每個小時、每分鐘、每一個我想要詛咒你的時候就傳！」她罵得上氣不接下氣，過度呼吸到就要喘不過來。

「您先冷靜下來……」

「我不要聽你說話！」她歇斯底里地大吼。「叫那女人不准再隨便出現在我家門口！聽到了沒畜生！」

我愣愣地看著手機，完全沒有頭緒為什麼靜書會找到那個人那裡去，甚至……原來她一直知道我有收到這些簡訊。

我真的愈來愈不懂了。

※

我是個罪人。

一個殺過人的罪人。

那個像惡夢一樣的那一天，我直到現在都還歷歷在目。

十一年前的我才二十歲，光是想起那段日子，就會覺得那時我以為自己身處在地獄裡真是太可笑了，因為我怎樣都不會想到，往後的數十年，只要我還活著，每一天都會是地獄。

生日一滿二十我就去考汽車駕照，只因為聽說當小貨車司機可以賺更多的錢，媽媽那時的乳癌已經到第三期，每個禮拜化療的醫藥費幾乎快付不出來，更不用說地下錢莊還天天來家裡找碴。

我需要更多的錢，這是我那時的想法。

所以一考到駕照，工地監工就介紹我去北部短期開小貨車，一去就要三個月，但可以預付三個月的薪水給我，這點很吸引我，我馬上就答應了。

仔細想想，那時日子雖苦，但身邊處處是貴人，很多人會不計利益地盡量幫助我，非常幸運。

醫藥費暫時不用煩惱了，債款的部分債主也因為我一口氣付了很多，所以願意稍微對我寬限一段時間，我看到了人生的曙光，以為只要撐下去，一切都會變好。

去到台北，雖然住的宿舍又窄又熱，幾乎只能靠泡麵果腹，但因為有希望在，每天醒來都很有動力。

一天開八至十二小時的車、清晨再去送報，日子過得很充實，一下子就過了快三個月。

「阿臣，你真是個不可多得的好孩子，兼職那麼多工作，全公司最勤奮的人就是你，真想把你永遠留下來啊！」老闆算著我剩沒幾天的雇傭期，似乎很捨不得讓我走。

「但沒辦法，放著生病的媽媽在家鄉，這麼不孝的事，我是不會叫你做的。今晚跟老闆去好好喝一杯、轉大人！」

「呃、可是老闆，等等下午還要送貨去台中，回來都不知道幾點了。」

「台中來回時間剛好嘛，你就直接開去小吃部找我就是了。我一定要讓你好好鬆一下，你的人生過得太緊了！哈哈哈哈！」老闆用力地拍著我的肩，完全不給我拒絕的機會。

直到晚上十點多，我才開著小貨車抵達小吃部，偏偏明天一早同事就要開這台貨車去台南，我其實有打給老闆，說要先把車開回去，但他不知道是喝醉了還是心情特別好，一直跟我說直接來就對了！

我望著貨車，內心猶豫。

但老闆催促的電話，打斷了我的猶豫，我想著反正只喝一杯的話還是能開回去的。

結果直到老闆終於喝到酩酊大醉，我也不得不被灌了至少三杯高粱，加上工作了一整天的關係，即使只喝三杯，也讓我有點昏昏欲睡，心裡只想趕快把車開回公司，再回宿舍好好睡覺。

雖然考汽車駕照時，非常清楚喝酒開車是不對的行為，但我想只要不違規、不超速，應該不會有什麼問題。

開回公司要半個多小時，才開十分鐘，我的眼皮已經有點重。

——我記得很清楚，那時候是綠燈，真的是綠燈。

砰！

撞擊力讓我順間腦袋都醒了！反射性地踩了煞車，整條公路上充斥著刺耳的煞車聲，車子的擋風玻璃變成蜘蛛絲狀，後照鏡裡可以看見男人似乎試圖想坐起來，在這條安靜的道路上，他微弱的哀嚎聲仍相當清晰，就好像他是在我耳邊哀嚎一樣。

我的雙脣抖得厲害，腦袋一片空白，下意識地要開車門。

就在這時，我忽然想起以前工頭在我第一天上工時說過的話：「你們這幾個新人聽好了，上工時間外出走路被撞了，死也要爬回斑馬線上死，騎機車的給我爬回機車道，開車撞人的……記得確實地把人撞個死透了！聽懂了沒？」

「工頭，你說撞死是真的嗎？為什麼？」

「當然是保險才夠一次支付啊！如果半身不遂，保險公司可不會幫你付一輩子！」

保險公司不會付一輩子。

媽媽的癌症還需要很多很多錢……

爸爸的債也還要還上很多很多年……

我、我需要錢，不能出事……不能出事！

「我不能出事、我不能出事……」我嘴裡碎碎唸著這句話，腦中只剩下這個念頭，我拉了排檔、倒車、加速，所有的動作彷彿都不需要再經過思考，所有的一切都只為了……「不能出事」這四個字。

砰！

已經坐起來的人就這樣迎來二次撞擊！我能感受到撞到他時，他的肉貼在車上的觸感，好像還能聽到他的骨頭碎掉的聲音，以及他最後發出的嗚咽聲，像隻奄奄一息的狗，凹嗚一聲就不動了。

「喂！」對面超商的男店員大吼：「我已經報警了！」

報警？

為什麼要報警？不是已經沒事了嗎？

我開門下車，四周充滿了血腥味，直到看到旁斷掉的手指，我才漸漸地找回意識……

是手指啊。

是人啊。

我、殺人了……！

「不……不是這樣的！我原本不是這樣想的！啊啊啊啊啊！」我抱頭大叫，叫到警察趕來現場要把我帶走，還要靠兩三個人拉才拉得動我！

撞擊的肉感、骨頭的碎裂聲，都像有人拿著喇叭在我耳邊重播似的，無論我是睡著還是清醒，那個聲音都無法消除掉！

但這只是地獄的開始。

隔天一早，我開車撞死人的事件變成了全台頭條，死者的母親在警局發瘋似地搥打我，一直說那是她相依為命的兒子。就像我們母子一樣。

看她哭得撕心裂肺，我才驚覺，當媽媽知道我變成了一個殺人犯，會不會也哭得跟這個母親一樣難過。

「我做錯了……對不起、我做錯了。」那是我發生事故後第一次開口，但這個道歉，並不會得到任何人的原諒。

後來我才知道，死者王仕谷在台大擔任生物科技系的講師，本身除了是台大畢業，回溯高中、國中，念的都是名校，是相當優秀的菁英份子，跟我這種家裡欠一堆欠債，只能不停打工的人生，差得太多了。

差更多的是，新聞標題都是：「悲！台大講師遭人酒駕撞死！」、「台大出身孝子被酒駕奪命！」。

孝子的頭銜就這樣掛在王仕谷身上，甚至還引發了立委強烈建議修法、百人去王仕谷的葬禮悼念、集氣，一時之間我就連在看守所裡，也被其他的罪犯看不起、毆打、吐口水！我就是個十惡不赦的罪人，就算明天我死在這裡了，也不會有人替我傷心。

腦袋一直昏昏沉沉的，感覺從我決定踩下油門的那刻起，我就像少了一條魂魄似的，那條魂魄似乎被王仕谷一起帶走了，我對任何暴力都無感，律師說了什麼，我一個字也記不住，只知道後來確定被判刑兩年，我還能冷淡地望向旁聽席，看著林美花女士私心裂肺地哭喊。

什麼感覺都沒有了。

律師在三審判決結束後，告知我，我的母親早在上個禮拜就已經撒手人寰，聽說從我出事後，她連醫院都待不了，平時還會稍微照顧她的鄰居，全都把她當過街老鼠，家裡每天都有人去砸雞蛋，她因為害怕就足不出戶，在沒有繼續治療，也沒好好吃飯的情況下，她的病情很快就……

「是嗎？我媽過世了喔。」

律師匪夷所思地瞪著我。「還好我已經不用繼續負責你了！人渣！虧我還怕會影響你今天的審判說錯話，才一直不告訴你！」感覺很有修養的律師，也被我逼得口出惡言了。

而我呢？

我難過嗎？

我掉了兩滴眼淚，應該是難過的吧。

但同時覺得媽媽不用在剩下的日子裡，整天被人叫殺人犯的媽媽，光是想到這點，我就覺得不難過了。

——而且，這樣我就不用那麼辛苦地賺醫藥費了。

當腦海浮出這種想法時，我覺得自己已經變成了一個怪物，一個不該繼續當人活下去的怪物。

「去死！人渣去死！」

「把我們的老師還來！」

「把我兒子還來！」

「把……」

我摀住耳朵，覺得這個世界太吵了，為什麼不能維持那時在公路上的安靜呢？那時候多好啊……那時候……剛撞到他的時候，我還沒變成怪物。

回神。

此時的我站在林美花家門口，對於這扇門，我充滿了恐懼，門後的人是那個一天到晚詛咒我的人，是那個看到她的臉，就會想起我是個怪物的人。

我只在出獄後來過一次，留下了我的電話號碼和第一筆賠償金，但她卻用錢砸了我滿臉，憤怒地吼道：「再多的錢也買不回我的兒子！」

我那瞬間閃過的念頭不是後悔，而是羨慕。

啊啊、這個人的媽媽真的好愛他啊！過了兩年還是這麼傷心，他們家沒有債務，相依為命的日子，一定比我們家快樂很多，而且他的媽媽很健康，有很多力氣愛他。

「你在這裡幹什麼！」林美花此刻提著菜站在旁邊，她一見到我，又像上次一樣，全身氣得發抖起來。

「林阿姨，請冷靜！」

「你、你……」她努力地順著呼吸，乾脆別過眼。「快滾，趁我大吼之前快滾！」

是啊，滾吧。

我到底是有什麼臉來見人家的母親呢？我明明就是個殺人犯。

我低下頭，轉身要走時，我想起了靜書。

不對，那靜書到底是怎麼找到這裡的呢？這裡的地址連阿軒都不知道，她為什麼要瞞著我來這……她……

「林阿姨，那個靜書她……」

「我是不是叫你滾了！」她又發出尖銳的聲音了！我痛得摀住耳朵，一下子彷彿跟那天的現場重疊了！

也不知是不是我這陣子被靜書失蹤折磨得太累了，我突然抬起頭瞪著她。「我只是想知道她為什麼會找來這！我又不是要來這裡撞死妳的！妳能不能不要老是看到我就這樣啊！我也有媽媽過，我也曾經是個孝順的兒子，不是只有妳的兒子才是孝子！」

林美花似乎被我這突如其來的吼聲給嚇到，手上的菜都掉在地上了，隔壁的鄰居也開了一絲門縫，偷看著我們。

「你有什麼資格對我吼這些啊？」她像在自言自語。「我可是白髮人送黑髮人啊……我的仕谷……我的小豆苗……」

我蹲下來把菜拾起，但林美花似乎不想管菜怎麼樣了，她就像打擊過度，又或者是陷入回憶似的，連門都沒關，就這樣進屋坐在客廳，一直喃喃自語。

我不忍心看到她這樣，想著幫她做好晚餐再走就好，結果沒想到當我擺好一桌子菜時，她哭了。

我的心，很酸。

她不需要說，我也知道她哭的原因是什麼。從一進來這間亂七八糟的屋子裡，我就知道了，無論這屋子被多少雜物堆滿，都填不滿她心中的寂寞。

我一句話都說不了了，全身累得像連續工作了幾十個小時都沒睡，只能用盡最後一點力氣離開這裡，最後在附近的一間超商坐下，再也動不了了。

林美花看起來更老了，她的背甚至駝得直不起來，走路還一拐一拐的，如果王仕谷看到媽媽變成這樣，該有多難過啊。

我嘆了一個好長好長的氣，想起兩年前過年，曾經收到過一條臘肉，是林美花寄的，但她什麼也沒說，一樣持續傳訊息詛咒我。去年她忽然在端午節寄了自己包的粽子，我猜她的心靈已經快要崩潰到一個程度，所以才會對罪魁禍首這麼好。

那我呢？

我又是如何呢？

我還是那個怪物嗎？

我一定是的，只是這一年多有靜書陪著的關係，我才忘了這件事。

我怎麼可以忘？我哪有資格忘……我……我不能再逃了。

「我想知道妳為什麼會來這，想知道妳對這起車禍到底知道多少，想知道……為什麼妳要替我做這些……靜書，我不逃了，我會面對，然後找出妳和車禍到底有什麼關聯。」我對著空氣說話，超商內的客人，用著異樣的眼光看著我。

偶爾，我對於別人多看我兩眼還是會有點害怕。怕他們是不是認出了我。

但事實是，無論是罪犯還是受害者，無論案子多麼聳動，隨著時間的沖刷，誰也不會記得誰的悲劇。

而當事人，只能一天過一天地，跟自己的悲劇相處到死。

我抹了把臉，完全可以想像林美花都過著什麼樣的日子。「我果然是個人渣。」還想著要結婚，林美花聽到這個消息肯定更想殺了我。

手機一直在響，好像已經響了很多通，但我卻連接電話的力氣都沒有，直到被店員出聲提醒，這樣會打擾到其他客人為止，我才接起了電話。

「奎啊。」

「喔。」

「奎啊，別找了。」我這時才意識到，電話中帶了點哭腔的聲音是誰！

「妳、妳在哪裡！妳到底跑去哪裡了！為什麼一直找不到妳了！」我激動地捏著電話，但她那頭卻很安靜。

「拜託你了，別找了，好好過好你現在的日子吧！我想看的，是你幸福啊！」

「靜書！靜書別說那些，我只有妳在我才會……」話，還沒說完，好不容易出現的聯繫，就這樣掛斷了。

我看著通話紀錄，沒有顯示號碼，但她卻叫我別找，那是不是代表她就在附近看著我，所以才會這樣說？

本來已經用盡的力氣又湧出來，我衝出超商，發瘋似的在街上跑來跑去，跑了一整個晚上，我都沒找著她，她也沒有再打電話來。

我就這樣蹲在超商外面發呆，一夜沒睡、連家都沒回，我突然有種不知該何去何從的感覺。

「你怎麼還在這附近？」林美花忽然站在我面前，這次她沒有崩潰大叫了，看起來好像冷靜很多，但其實雙手還是在抖。

「我……也不知道。」

「吃飯了沒？」

我搖搖頭。

「那來我家吧。」

我驚訝地看著她的背影，不明不白地跟上前，想著她是不是打算下毒在飯裡，讓我乾脆死一死算了，如果是這樣的話也好，反正我現在也找不到活下去的理由。

「我是不想讓你這麼容易死。」她做好了簡單的清粥小菜後，冷冷地說。「我的兒子死得那麼慘，如果你一下子就死了可不行，我要你一輩子都像我一樣痛苦，才能死。」

「好，我會的。」一如既往，我這麼回答。

「看看那面牆的獎狀、看看那些獎杯，如果仕谷還在，不知道還會為這個社會貢獻多少，你殺死的，就是一個這麼有價值的人，跟你這種廢物不一樣。」

林美花的毒辣言語，並沒有影響我的食慾，因為她說這些話時，眼眶都很紅。

「他……跟靜書認識嗎？」我只想到這個可能。

沒想到這句話一說出口，林美花就安靜下來，她直直地瞪著我，不發一語好一會兒才說：「你了解過我兒子嗎？你對他什麼都不清楚，就不要隨便臆測！」

我放下碗筷。「那如果我現在開始了解，就會清楚了嗎？」

忽然，林美花笑了。「對啊！我怎麼沒想到呢？你應該要了解仕谷才對，了解他所有的好，了解他到像是你的朋友，你才會知道自己殺了他有多可惡啊！呵呵！」

她的笑容有點歪斜，我忽然覺得，她不如直接在稀飯裡下藥會比較爽快。

「仕谷他……這輩子無論發生多大的事都不會退縮、更不會隨便發脾氣，他一直是個善良的人，一直都是。」

「林阿姨，我很願意了解過去的王仕谷，但您能先回答我，他和靜書是不是認識嗎？」

「不認識。」這次她總算正面回答我了。「你可以不要一直問不相干的人嗎？」

我吞了吞口水，又問：「還是她是跟阿姨您認識？」

這一次，她直接閃躲我的視線了，一直理直氣壯瞪著我的人，居然會閃躲，怎麼想都有鬼。

「好吧，請阿姨您繼續說王仕谷的事吧。」一提起兒子，她就來勁，從他小時候的生涯一路講到國中，基本上王仕谷就如過去的報導一樣，是個品學兼優的好學生。

「他國中交了第一個女朋友……」一提到女朋友，林美花的表情變了，似乎覺得自己說錯了話，好像這是個什麼見不得人的祕密。

「你、你飯吃完就快滾吧！」

「什麼？」

「我說滾！」她的情緒又不穩定了，簡直就像有調節失能一樣，忽喜忽悲。被推出去之後，我發現隔壁的鄰居又開門偷看了，這一次他露出了整張臉，一張又圓又長滿鬍渣的臉，看起來是個中年大叔。

「那個、請問……」

砰！

我還沒問完，男人就用力地把門甩上。

而我因為獲得一餐的餵食，精神上似乎好一點了。

無庸置疑，林美花和靜書一定認識，我還以為是認識王仕谷，但提到他的時候，林美花的表情就還好。

兩個人差那麼多歲，這些年林美花的情緒起伏又不正常，她們是怎麼認識的呢？

「靜書，我……愈來愈不了解妳了。」應該說愈是了解，才發現我根本沒好好認識過她。

「我真爛，算什麼男朋友。」

渾渾噩噩地回到家，一開門就見阿軒頂著黑眼圈在看電視，一見到我回來立刻跳了起來！

「靠北啊！我以為你死了！」阿軒說是這麼說，但我知道他為了等我，連工作都請假了。

我全身忽然癱軟，剛剛補充的能量，一下子又被抽光似的。「禍害遺千年，死不了。」

此時恰恰從廁所出來。「你再不回來，他都要去報警了！」

「報警？警察一看我的案底，怎麼可能會去找我，去逮捕我還差不多。」

阿軒用力搥了我一拳。「你有的時候自卑起來真的很討厭！你家那個也最常跟我說，擔心你這輩子都這樣看輕自己，會活得很痛苦！」

啊、他提到靜書了，我忽然想起靜書用他的名字的事，我有好多問題想問，可眼皮卻漸漸地闔上了，阿軒聒噪的碎唸聲也愈來愈遠，取而代之的是那個永遠在重複的夢……

那晚，我徹底碾死一條生命的夢。

以及，那如小狗一般的，臨死的嗚咽聲。

她的聲音

把電視打開，把浴室的手龍頭也打開，安靜的屋子一下子就活絡起來，就像回到了仕谷還在的時候一樣，家裡鬧哄哄的。我雙眼無神地看著電視，將準備好的電線捲成一圈、兩圈、三圈，然後用膠帶固定，再掛在那個已經釘在柱子上的鋼鐵掛勾，接著只要再把我自己的頭放進去，踢掉椅子就好。很快地，我就能和仕谷團聚了，我的仕谷、我的小豆苗。

脖子感受著電線的冰冷，此刻彷彿只有我略喘的聲音。牆上的時鐘早就不走了，我沒有換電池，對我來說，我的時間從那一刻就不再流逝。閉上眼，雙手緊緊抓著電線，只要踢掉椅子就好、踢掉就好。

「為您插播一則焦點新聞，演員張琳的兒子，於稍早前晚間九點多左右，在補習完回家途中遭遇酒駕車禍，並且有民眾目擊該司機還倒退再碾了一次，因此造成致命傷，送醫急救不治，警方已將肇事者逮捕歸案，目前正在釐清倒車動機，是否有故意殺人之嫌。張琳去年才和同為演員的霍一成離婚，兩人離婚官司打了半年，才順利拿到兒子的監護權，如今突然遭遇飛來橫禍，是否會影響張琳正在拍的戲，也是一大問題。本台將持續追蹤報導。」

不知不覺，我已經從椅子上下來，眼睛直直地看著電視，似曾相識的場景，彷彿把我拉回到那個晚上，那天在醫院認屍，那天不知所云地和警察交代，那天……

「沒想到就算是明星，命運和我也沒什麼不同。」

思緒已經從小豆苗過世，往前跳躍，一路到老媽過世的那個晚上，彷彿此刻的我，很渴望重溫那些失去的過程，明明失去的當下，我懦弱地沒敢面對過。

那晚剛收到醫院發出的病危通知，我卻待在家裡一步也沒敢踏出去，就這樣等到天快亮了，接到電話說已經過世，我才狼狽出門，我甚至沒讓當時才小學三年級的仕谷知道。

就這樣獨自騎在清晨的街上，就這樣被醫院的人當成不孝女，也不願意看老媽最後一眼。

我看不了啊。

親眼看著最愛的媽媽在我眼前生命耗盡，這麼殘忍的事，我真的看不了，我甚至不知道要去找誰討價還價，要死神別把我媽帶走。

奇怪的是，當我從醫院回來，仕谷這孩子像什麼都知道似的，一個人哭得眼睛腫腫的。

「媽，外婆是不是死掉了？」

「你……怎麼知道？」

「媽，妳半夜一個人坐在客廳，表情看起來好難過……」他邊說邊撲到我的懷裡，小小的身軀努力地想給我這個不爭氣的大人溫暖，我終於崩潰了！

我想我不敢面對死亡的原因，是因為在我生產那天，準備趕來醫院的老公卻在途中車禍，我一出產房，還來不及體會為人母的喜悅，就被警方請去停屍間認屍。

他都還沒來得及抱抱我們的兒子，自己就先成了一團又一團的糊肉，如果不是手指上的婚戒，我真的認不出來躺在那的屍塊是我的老公。

警方一面安慰我，一面解釋著是因為老公的車速過快打滑自撞飛出去後又遭貨車輾壓的關係。

我很想叫他不要解釋了，我根本不想知道老公是怎麼變成這個樣子的，我很想讓他們通通都閉嘴！但我只能一直盯著老公手上的婚戒，移不開眼。

原來這就是死亡。一個人如果死了，就再也聽不到他的聲音、感受不到他的溫度，就連想要賭氣吵架也辦不到了。幾小時前還好好的一個人，就這樣連再見都無法說，變成……

「那不是我老公，我老公還沒回來，他可能會去醫院找我，你們不要耽誤我了！」

「王太太，我知道妳打擊很大，但是我們這邊還需要程序上的簽名……」

「我去你媽的程序！」一個剛產子的女人，就這樣對著警察破口大罵，我以為我會被抓走，但他們卻不再勉強，讓人送我回醫院。

回到醫院，我愣愣地看著在嬰兒室裡睡得香甜的仕谷，明明我們隔著一道玻璃，但他就像有心電感應似的，睜開眼對著我笑了。

他一笑，我就哭了。

我的兒子，是個孝順的孩子。從生下來的第一天，就是個會安慰媽媽的好孩子。

所以我怎樣都不能忍受，有一天，我得看著他變成跟他爸爸一樣，那樣地……血肉模糊。

眼睛很酸，我卻哭不太出來了，心早就隨時間痛到快沒知覺，精神也一天天萎靡，或許有天我真的會把椅子踢掉，就這麼一了百了。

——但那是在看到那個殺人兇手去死之後，我才會做的事。

我明明那麼想要溫奎臣去死，但今天早上看到他比我還慘地坐在路邊，我竟然心軟了。

我知道，他曾經也是跟媽媽相依為命的孩子，而且家境很糟糕，糟到他小小年紀就得要一直賺錢，我更知道他在獄中時，媽媽因為沒有錢繳醫藥費，就這樣活活病死了。我還聽說他得知消息居然沒有反應，好像還笑了。

我以為他就是個人渣。

我本來那樣以為的。

可是在他一次次那樣回應我，一次次不厭其煩地接收我全部的怨恨，我有點動搖了。尤其是在看到他露出和我一樣絕望的眼神，我就這樣讓他進屋、還做了早餐給他吃。

他說他想了解仕谷，可我第一次發現，我竟然不知道要如何向別人聊起兒子。

我不是最思念小豆苗的嗎？念書後的他，為什麼對我來說卻有點陌生呢？

自從老媽過世後，小豆苗變了，他不再吵著說要出去玩，也不再主動打開電視看卡通，他回家唯一會做的事就是念書。

「仕谷啊，怎麼了？最近老是悶在家裡？」

「媽媽，因為我有想知道的事。」

「想知道什麼？」

「想知道媽媽為什麼不敢面對外婆的死亡，我想知道『死』是什麼？但老師說我們年紀小學得還不多，不知道的事情只有念書才會懂。」

「那、那你一直念書，找得到答案嗎？」

「找得到！老師說，沒有念書找不到的答案，只是我還沒發現而已。」

所以從小三到小五，他成了一個不需要家長催促念書，就能把書念得很好的小孩，甚至念學校的書都不夠了，他還成天去圖書館借書回來看。一開始看的書很正常，都是一些小說，有天卻改成昆蟲圖鑑了，他甚至央求我讓他買昆蟲箱和一些捕捉工具。我很開心，想著小豆苗終於恢復成一般男孩該有的樣子。

他會趁著放假騎腳踏車到草地，抓很多有的沒的昆蟲回來，把那些昆蟲當成寶貝一樣地照顧。有次他因為學校作業需要養蠶寶寶，一開始他還開心地向我分享蠶寶寶生長得如何了，甚至已經養出一批變成了蛾，又孵育出新的。

恐怖的事發生了。

那天他竟然把唯一留下的蛾從昆蟲箱抓出來，然後桌上放著一隻仍在蠕動的蠶寶寶，下一秒——他用手用力一拍！把那隻蠶寶寶一掌壓扁，它的心臟甚至還被擠了出來，相當噁心。

接著他轉頭認真地說：「媽！我知道答案了！」

「什、什麼答案？」

「因為死亡太恐怖了，如果又是自己的親人死掉，要看見這個畫面太恐怖了，所以妳才不敢去的，對不對？」

我完全無法反應，只能堆擠著笑容回答：「仕谷，你好聰明啊！就是這麼回事，這就是死亡喔，很可怕對不對？所以以後別再傷害任何生命了。」

「我知道！」

「那其他的昆蟲呢？」

「其他的昆蟲死掉的樣子都不可怕，所以都被我丟掉了。」他把噁心的液體抹在褲子上，本來我應該要罵他的，但因為太過恐懼，就假裝沒事地出門了。

人家說童言童語或許就是這麼回事，因為什麼都不懂，做出來的行為反而會很恐怖。

但還好，後來小豆苗就正常了。我想他只是因為外婆過世打擊太大，才會有這些反常，至少小六時他很認真地交朋友，每天跟著同學去打籃球、踢足球，每天曬得黑黑地回家，一點異狀都沒有。

小學畢業典禮結束後，他忽然又說：「媽！我想買更多的講義！」

「嗯？為什麼？等去國中報到，再看學校開出來的書單也不遲啊！」

「因為……我又有想知道的事了。」他垂下眼，長長的睫毛比女孩子還好看，長大後一定是個女人緣很好的孩子。

「我想知道生物的世界。」

「啊？」

「想知道樹為什麼可以活那麼久，想知道人為什麼那麼脆弱，更想知道為什麼蟑螂身體都斷半截了還不死。」

「啊……所以我們仕谷從小就立志要成為一個生物學家啊！」

他眼睛一亮。「有這個職業嗎？」

「當然啦！這可是很厲害的職業喔，成績不夠好可能還念不了呢，你確定？」

他露出了充滿鬥志的表情。「媽！我確定！」

好吧，只能說我的孩子就是個天才吧，他沒有什麼叛逆期，還在國小畢業的日子裡，就想好自己未來的目標，而且我相信他一定會完成！因為我的兒子是天才！

※

我瞪著眼前坐立難安的溫奎臣，兩小時前我把他又叫來家裡，這不能怪我，是他先說想聽仕谷的故事，才讓我想要找個人講講，不然心裡悶得慌。

我講完仕谷到小學畢業的事，他卻聽得不是很專心。

「你一直在看手機，在等誰的電話嗎？」

「呃！不是這樣的，林阿姨……我、我沒有在等誰。」他說著便懦弱地低下頭，看他那樣沒擔當的樣子，真的愈看愈礙眼，我們家仕谷就不會這樣，他做什麼事都很有自信，為人又謙虛……

「您上次不是說，他國中就交女朋友了嗎？我只是很期待聽到接下來的事，有點恍神而已。」

我挑挑眉。「你先去幫我燒水，我想泡杯茶。」

「好！」他立刻去裝水。「不過林阿姨，您家裡還真多茶包呢，看來您很愛喝茶。」

「當然了！尤其是你手上拿的那個伯爵紅茶，那是某家店私人製作的，只賣給熟客。也是仕谷帶我去，我才知道的……」

一提到仕谷，氣氛又冷了幾度。

我們這樣的聊天關係，還真是可笑。

他忽然頓了頓手。「請您繼續說吧！我真的很想聽。」

他是真的想聽嗎？為什麼過了這麼多年才突然想了解呢？

我真的不懂年輕人的腦子，就像我常常不能理解小豆苗，當這株豆苗愈長愈大，我就愈無法看懂他的想法。

比如他國二忽然對異性感興趣，常常來往的都是班上的女同學，他是那種一但對什麼事情感興趣，那陣子都只會跟那類事物連在一起的人。

我一度很擔心他會不會是對性有興趣，這樣可能會不小心傷害了別人家的女兒。但後來，並不是。

他一直找許多女同學來家裡玩，是有原因的。

那個原因被他隱藏得太深，以至於我這個做媽的都沒及時發現。那天他在門口送同學回家時，忽然其中一名女孩說家裡的鑰匙不見了，獨自回來我們家找。

女同學似乎很害怕太晚回家被家人罵，愈找愈焦急，小豆苗也幫忙到處找著。

我也是在那時才發現，電視櫃的最上面有個粉紅色的小玩偶，拿下來一看正是一串鑰匙。

「啊！林阿姨妳找到了！」

「原來這是妳的啊，我剛剛看到在椅子底下……」為了兒子，我不自覺地撒謊，瞥了眼小豆苗，他對我的說辭竟然沒有反應。

「謝謝林阿姨，我得先回家了！」女孩很慌張，她甚至沒轉頭多看小豆苗一眼。

「兒子，你喜歡人家是可以，但下次不能再這樣捉弄她了。」

他撇撇嘴。「媽，我只是想要和她單獨待一會兒，我做了一條手鍊，想送她。」

他從口袋拿出一條串了珠珠的手鍊，我不禁有點心疼。

「兒子啊……」

「媽，我不想聊這個，先去念書了！」

本來以為可以和小豆苗聊心事，但被他這樣拒絕我很難過，原來孩子大了就不再會跟媽媽分享事情了。

我內心忽然一陣翻攪，感覺自己快要失去兒子了。

「你可以寫情書給她啊，如果你不好好地說，她怎麼會知道你對她的想法？」我站在房門外，試圖給他建議。

他忽然打開門，眼底充滿了渴望。「妳說的是真的？」

「真的。」

「她一定不會拒絕我嗎？那拒絕怎麼辦？」

「拒絕的話……你也只能放棄了。」

他失望地垂下眼。「難道沒有讓她不會拒絕我的方法嗎？」

「呃、這……」我又不知道該怎麼回答了，小豆苗的想法，常常超出我的預期之外。

從這之後，他再也沒有邀請女同學們來家裡玩，但他也沒有表現出沮喪的樣子，反而還選上了學生會的會長，又在短短半年內成為熱舞社的社長，他成了眾多女孩子無法忽視的存在。

試問天底下有哪個像他那樣文武雙全的男孩，會不受歡迎呢？

國三時，他把那個女孩帶回家了，她叫李語舒，名字好聽、人也有氣質，兩人手牽著手，兩小無猜的模樣可愛得很。

「媽，這是我的女朋友！李語舒！」

「林阿姨好……」

我對於這個結果既替小豆苗開心，又感到好奇。

等到晚餐時間，我才問：「兒子啊，你後來是怎麼追到人家的？」

「嗯……媽，我只是把我的成功率提高到百分之百而已。」

「啊？」

他舔舔嘴脣，他很常像這樣在說話前舔一舔，我很不喜歡他這個毛病，但他又一直改不過來。

「我當了學生會長、又當了熱舞社長，全校的人都把焦點放在我身上，而我，只是經常買飲料給她喝，只給她一個人。」

「你是說，你製造了一個個特別的待遇？你想表達的是這個意思嗎？」

「沒錯，這樣就不會被拒絕了。」

我啞口無言，雖然早就知道他的性格是如此，但我沒想到他連跟喜歡的人告白，也要這麼大費周章。這種計畫性得到的愛情，一點都不像孩子的青春戀愛了，簡直跟……

唉！不想提了！這就是小豆苗最大的缺點，但也是優點，尤其他念了大學常要做實驗，這種性格對他很好，我覺得沒必要改。

而且他很專情啊！那麼小第一個喜歡上的女孩子，居然就一路交往到大學還沒分手。我也不是詛咒他，只是覺得男孩子這麼純情的話，以後會被女方吃得死死的，我擔心他會受到欺負。

尤其啊，那個人不可貌相的李語舒，我愈看愈覺得她跟小豆苗不配！她才沒有一開始看起來那麼文靜，事實上她成績不好、又愛到處跑出去玩，美其名說是有唱歌天賦，所以常常去卡拉ＯＫ練習，根本就是丟下小豆苗就自己去玩了！

「兒子啊，你那女朋友都要大學了，到底有沒有在念書啊？」

「媽妳別管她，她比妳想得還要聰明，不然她怎麼能考上和我一樣的大學？」

「這不可能！她都在出去玩，哪有時間念書？」

「她是學芭蕾的，雖然她比較喜歡的是唱歌，但她很有芭蕾天賦，我不是跟妳說她之前有辦過一場表演會？那是小型售票的！她因為這項才能，當初高三就拿到大學的內定了，現在在大學裡，也是以表演和練習為主。」

我怎麼會知道她還能辦售票演出，在我眼裡她就只是個會帶壞我家小豆苗的糟糕女生。

小豆苗，都快被她搶走了。

仔細想想，高三那陣子小豆苗沒事就跟她往外跑，還常常在外地過夜個兩、三天，那時我一個人在家的感覺，就和現在失去他，很像。

晚上常多做了太多晚餐，望著一桌菜最後只能重新被放回冰箱，以前那個會把我煮的菜全都吃個精光的孩子，早就不在了。

這種情況忍耐到他都升上大一了，不但沒好轉，我一個禮拜能看見他一次都要偷笑。

「你能不能跟李語舒分手？」某天，我竟然就這樣脫口而出，連我自己都嚇一跳，更不用說小豆苗了。

「媽……妳在說什麼啊？」

「我希望你們分手！」

「別鬧了，她在樓下等我了！」他提著一袋行李，周末他們又不知道要去哪兒玩了，樓下吵吵鬧鬧地聚集了一些人，他們都是要一起去的，而且好幾個都染著淺色頭髮，一看就不是好東西！

「我說讓你們分手！聽不懂嗎？」

「媽，妳真的要控制我的人生嗎？」

「我……」

「我是妳唯一的家人，不代表我的人生也都只能有妳！」他吼完這句話，就再也沒回來了。說「再也」好像有點嚴重，他確實在外頭住了三個多月，才願意回我的訊息、接我的電話。

「什麼時候回家？」在一番閒聊，我還是問了。

他沉默了很久。「下禮拜一就回去。」

「好！快回來，媽……很想你。」很想念那個，被送去幼稚園念書一天，一見到我就迫不及待飛奔過來的他。很想念他說沒吃到我煮的菜，他就一餐也吃不下的樣子。

「結果，他還是沒回來，一定是那個李語舒威脅他，如果回家的話就分手。哈！沒想到我居然輸給一個小女生，沒想到我這個當媽的，在他心裡地位那麼低，那有沒有我這個媽，對他來說一定……」

「不是的！」一直沉默聆聽的溫奎臣突然大聲地說：「林阿姨！不是那樣的！大學新生一年級的確很忙碌，而他念的學校離你們家至少要四十分鐘的車程，我猜他只是因為住那個女生家可以睡晚一點的關係。」

「你怎麼那麼清楚？你不是連大學都沒念嗎？」

「是啊……就是因為沒有資格念，才會特別了解啊！因為太想擁有了，所以才會去特別了解。」他說這句話的表情很哀傷，我抿緊嘴脣，別過臉。

「那個女生家，好像確實在學校的附近……那他可以跟我說啊！」

「林阿姨，他一直在說啊，只是妳……」

「閉嘴！」我歇斯底里大吼！不用他提醒我也知道！我一直、一直都忽略小豆苗想對我說的話，一直不聽他解釋、一直不想聽到他反抗我的聲音！

所以我才被懲罰了。

我再也，聽不到他的聲音了。

不知何故，掛在牆上好好的時鐘，忽然因為螺絲鬆脫掉了下來，發出砰一聲！把我們都嚇了一跳。

我看著地上摔爛的時鐘，看著那個我不願換上電池的鐘，終於，連掛在客廳裡都沒辦法了。

新聞台的聲音把思緒拉回來，關於張琳兒子的新聞，仍然在大肆報導中，想起當年我們小豆苗死的時候，新聞也曾經這樣連續報導了幾天，還誇我們小豆苗是個孝子。張琳的兒子和小豆苗可差遠了，根本沒有人在乎他是怎樣的人，新聞都只報導張琳，真是膚淺的媒體。

※

那個殺人犯，又準時來了。我嘴上說著冷嘲熱諷，但桌上已經為他準備好一桌清粥小菜。

昨晚我一整夜沒睡好，翻來覆去到清晨，窗外忽然傳來嬰孩的哭聲。「哇哇哇」地哭著。我忍不住走向窗外，想看看是從哪戶人家傳來的，不看還好，一看外頭竟然聚集了四、五隻野貓，牠們四隻坐成一排，就這樣看著前方的小花貓不斷地哇哇叫著。就連已經看到了發出聲音的實體，我還是很難相信那是一隻貓發出來的，頓時感到些許悚然。

我還真是沒見識的老婦人，如果小豆苗還在，他一定會笑著糾正我說：「媽，那是貓在發春啦！」

明明是求偶發春，為什麼聲音竟然和人類的嬰孩哭聲那麼相似？我不是很能理解。

「你知道嗎？貓發春的叫聲和小孩的哭聲很像喔。」或許是飯桌太安靜無聲了，我脫口而出。

溫奎臣愣了愣。「是喔，我沒怎麼注意過。」

「那你都注意了什麼？」

或許是這個問題太敏感了，他沒有回話，過了好半晌才說：「之前除夕夜的時候，我一個人在外頭找有開的小餐館吃飯，因為是除夕夜，就連餐館的老闆一家也在圍爐，邊圍爐邊做生意，看見我孤家寡人去吃飯，老闆同情地多送了我好幾道小菜，還要我別客氣。但我卻注意到……他這麼說完，臉上浮出的優越感。人啊，果然是心裡想的是什麼，眼睛能看見的就只能是什麼。」

我不發一語，細細理解他說的話——他這是在諷刺我，因為自己失去了小孩，所以才會覺得求偶的貓很悲傷？這是什麼歪邏輯！

我正想發怒，卻看見他嘴角竟然還有一絲苦笑，怒氣突然就消散了。

「唉！」我不明所以地嘆了口氣。或許是因為他那句話的關係，我想起了一段殘忍的過往。

「您……突然嘆什麼氣呢？」他怯怯地問。

「我想起仕谷國二的時候，我帶他去布魯樂谷水上樂園玩，那是當時最受歡迎的水上樂園。沒想到平時像個小大人的他，竟然會怕高！明明小的時候……從高樓的窗戶往下看，他也不害怕的，真不知他怎麼會忽然怕高。」

「也有可能是後天因素吧，他是不是在學校發生了什麼事呢？」

「是啊！我一開始也是這麼想的，會不會是在學校發生了什麼事？但他那時每天都跟女同學在一起，我一時也沒頭緒。」

「可是，他都只跟女同學在一起，沒有要好的男生朋友嗎？」

經他這麼一問，我突然不是滋味。「別講得好像我們仕谷交不到朋友一樣！他也是有個從小玩到大的好朋友周秉君！就住在隔壁！」

「咦、隔壁……」

「我勸你最好別隨便去找人家，那孩子本來就不愛出門，自從仕谷不在了，更是沒踏出家門外一步！他對你的恨，可不比我少。」

「我當然沒有那麼厚臉皮。」又來了，他表現得愈是懦弱，我就愈感到煩躁。尤其每次為難他，我內心竟然一點快感也沒有，我也很討厭自己這點。

到底要對溫奎臣多狠，我才會感到安慰一點呢……

「林阿姨，您剛剛說到布魯樂谷，所以那個李語舒也有一起去嗎？」

不知道是不是我太敏感了，我感覺他似乎對於李語舒更有興趣一點，難道他以為只要多打聽一點李語舒就能知道「那個人」的事嗎？太可笑了，我怎麼可能笨到告訴他。

「她當然沒去，那個時候他們又還沒開始交往，是我跟仕谷最快樂的時光。不過，我還真的覺得仕谷忽然怕高很奇怪……」

在去布魯樂谷之前，他國小的畢業典禮就已經有去過六福村了，他還拍了許多他玩遊樂器材的照片，有一張還是坐在雲霄飛車上拍的，所以我很確信他可以玩刺激的設施。

「仕谷，那個『一瀉千里』聽說有七層樓高喔！我們一人挑戰一邊，你想玩哪個？」我指著遠方的設施，一個滑道呈現近九十度垂直，一個則是波浪型。

「媽！我們先去玩那個漂漂河嘛。」

「剛剛不是才玩過嗎？一直漂在那曬太陽，不熱啊？」

「不會啊，最近念書念得好累，我覺得……」

「唉呀！快點！趁現在排隊的人少，我們趕快去玩！」我不由分說地拉著他去爬樓梯，直到快到我們時，他的臉色相當慘白，慘白到連工作人員都覺得他不要玩比較好。

「仕谷，媽記得你不怕高的啊，怎麼……」

「媽！我沒有怕高啊！」他忽然笑得很奇怪，並且異常活潑地跟工作人員說想要玩九十度的滑道！

「媽！我先下去等妳喔！」

他就像有祕密怕被我發現似的，當然我也知道孩子大了都會有祕密，但他那個反應真的很不對勁。

尤其是當我也滑下去後，他竟然一下去就在旁邊吐了。

那天我們當然趕緊回家休息了，他把自己關在房間，連晚餐都沒吃。

我只好去問他的好朋友周秉君。這麼一想，周秉君也大約是在那個時候開始不去上學的。

「秉君啊，仕谷有沒有跟你說過什麼心事？比如……為什麼突然怕高？」我趁著早上周媽媽去買菜，趕緊去按他們家門鈴。

周秉君一臉不願意回答也不願意請我進門的模樣，真的很沒有禮貌。

「你不請阿姨進屋嗎？我又不是奇怪的人！」

「喔……」他看起來非常不安，好像有什麼祕密快要被我發現了。

「剛剛阿姨問你的，真的不知道嗎？」

「什、什麼？我當然不知道！」

「秉君，你這樣我只好問你媽媽了，事關我們仕谷，你可別怪阿姨。」

他的面色愈漲愈紅，頭上也冒出大滴大滴的汗。「阿姨！是因為我！」

「什麼？」

「仕谷看到我被學長勒索，就跑來幫我，結果、結果被學長帶去學校的頂樓，他們……他們……」

光是聽到這樣，我已經腦筋一片空白了。「周秉君，你最好把話說完！」

「他們把仕谷壓在欄杆上，逼他如果不想被推下去，就、就……」

「就怎樣？」

周秉君話說一半就跑去吐了，我立刻把吐完嘴邊還都是嘔吐物的他抓起來。「你快點給我說清楚！」

「就讓他們把雞雞……」

砰！

明明是我逼他說的，結果聽到一半，我自己跑出來了他們家，一句話都不想再聽。

我大口大口吸著氣，即使這樣，卻只是愈來愈吸不到氧氣，我的腦海都是仕谷站在設施上面臉色發白的表情，我甚至還不理解，為什麼他溜個滑道就吐了……

那可是我的寶貝！

憑什麼那些沒家教的畜生可以這樣糟蹋我家的寶貝！

「阿姨對不起……都是因為我……」周秉君哭著道歉，但看著他我只剩下憤怒，覺得要是我家小豆苗，沒有認識他這種朋友就好了！

「您千萬不能讓仕谷知道您知道了！這是、這是我跟仕谷的約定。」

我冷聲說道：「連這麼簡單的約定，你也守護不了，他還真是白救你了。」

我沒仔細注意周秉君露出什麼表情，只知道他從那天起，除非不得已，不然他不會出現在我面前。

那天晚上，我煮了滿滿一桌仕谷最愛吃的菜，豪華到比過年時還豐盛，仕谷受寵若驚直問發生什麼好事了，我只告訴他：媽媽簽六合彩贏錢了。

※

我拿出高粱找溫奎臣喝，這段殘忍過往說完了，高粱也已經喝了一半，他的臉非常地紅，看起來酒力不是很好，和小豆苗很像。

「嗝、嗝！那個……他還真是個好人，不管放在過去還是現在，沒有人能為了拯救被霸凌的朋友，而……嗝！」

啊、真的是連酒醉頻頻打嗝都像。

不一會兒功夫，溫奎臣就倒在沙發上呼呼大睡了。我從房間拿出那綑電線，想著要不要趁機把他掛起來殺了，這樣我就能痛快了也說不定。

但隨著他緩緩發出的鼾聲，那乾涸已久的眼睛竟然濕潤起來，我不自覺地摸了摸臉上的淚，滿是不解。

「我……哭什麼？」

「呼……呼……」鼾聲持續。一直持續。

手中的電線掉在地上，我也無力地跪坐掩面，放聲大哭。

那是因為，這個屋子裡，已經好久好久，沒有我以外的人的鼾聲了！

甚至……如果不是溫奎臣來一直找我，我也好久沒和人說那麼多話了……

「小豆苗……我真的……好想你……」

我到底該怎麼做才好呢？我怎麼可以把這樣的殺人犯，放來家裡呼呼大睡呢？

我……我矛盾到，已經不知該如何自處了。

他的聲音

原來，害怕是有聲音的。

我本來一直不知道這件事。

那個聲音比用指甲刮在黑板上還要刺耳，比馬桶蓋忽然用力地砸在馬桶上還要令人耳鳴，比雷鳴忽然在頭頂轟然巨響還要讓人腦袋空白。我想，我已經找不到更好的形容，來形容關於「害怕的聲音」了。

此刻的我，就這樣被幾個同校的學長壓在學校頂樓的欄杆上，我的面朝下，四層樓高的高度曾經不足以讓我懼怕，但現在被人推出，身體騰空一半在外，我竟然無法受控地發起抖來！

「喂！這傢伙腳抖成這樣欸！」

「靠！你最好別給我尿褲子！不然有你看的！」

「對啊，換手啦，我還真怕他給我尿出來欸。」

幾個學長的嘻笑，已經無法影響到我的心情，我只想知道，他們到底會不會把我丟下去。

抓住我後腳的學長忽然用力一推，我已經三分之二都掛在欄杆外！

「不、不要啊！」我居然發出了哀嚎。我轉頭往後看了一眼，周秉君被人壓在地上，哭得一把鼻涕、一把眼淚，以他那肥胖的身軀，應該有辦法抵抗那個學長，然後逃跑去報告老師才對，為什麼、為什麼他就只會哭呢……

啊、我怎麼忘了。

他就是只會哭，我才會變成這個樣子啊。

要不是他被這幾個學長威脅，要不是我礙於和他四目交接，怕他去跟我媽告狀，我才來救他、才會被學長抓到頂樓變成這樣！

我突然，不合時宜地想起了我媽。

我家就只有我和媽媽，媽媽的媽媽幾年前過世了，從那之後她變得很奇怪。以前無論我要去哪玩，她都不會問我，她認為男孩子本來就該獨立點，對我的管教很自由。

但自從外婆過世了，媽媽就變了。

我如果去超商買個飲料沒跟她講，她就會歇斯底里，如果放學直接去同學家寫功課，她也會崩潰！問我說為什麼要老是讓她操心。她甚至也不怎麼工作了，整天就只待在家裡，只要我不是跟同學出去，她都要緊緊地跟著我，好像我會跟外婆一樣消失不見似的。

那個時候，我開始好奇，是不是一個人看過誰的死亡，就會變得這麼奇怪。我跑去問了老師，老師卻叫我好好念書，以後就會懂了。

沒辦法，我只好靠自己念更多的書，後來我發現光是念書是沒用的，不實驗看看不會知道答案，我本來想去抓隻路邊的野貓來試試看，但貓啊、狗的都太大了，我其實不敢殺死牠們。

那就只好殺死更脆弱的。

不知道殺死昆蟲是什麼感覺，雖然我很常捏死一整排的螞蟻，或是看到路上有馬路就去把它踩到縮起來，但我相信，這些都沒有我親手把它們的生命慢慢地奪走來得真實。

直到試到蠶寶寶，我才知道死亡真的很恐怖，實在太噁心了！難怪媽媽那麼害怕我死掉，如果我變成這樣，她一定會很傷心，所以才會一天到晚地跟著我。

我豁然開朗，覺得一切都找到了答案，而且覺得很興奮。

那種興奮很難形容，就跟我剛剛形容害怕一樣。那是一種酥麻感，會起雞皮疙瘩的那種，連帶著心都癢癢的，好像是一件很快樂的事。

我愛上了「找答案」這件事。可是從那之後，有好陣子我都沒有那種求知的慾望了。

我其實感到很失落，一直在想要怎樣才能找回那種感覺。

無論我和同學打球贏了，還是考試第一名，通通都沒有那種快樂感，我的內心像多了一個洞，明明以前沒有那個洞的，卻在那次得到過快感，就破了一個洞。

我得想辦法補上才行。

所以我又繼續研究其他的生物，才發現植物的世界也充滿著生命，刮樹會流出液體，把花用捏碎也會濕濕的，這一切都讓我感覺生物的世界好奇妙。

求知的慾望，終於又回來了。

我迫不及待地告訴媽媽這件事，她卻露出憂心忡忡的表情，彷彿我說的話很奇怪，她努力假裝微笑，那笑容好假，假到讓我毛骨悚然。

「可是啊……講義媽媽現在不能買給你。」

「為什麼？」

「因為……我們家快沒有錢了。」

「那媽媽妳去工作就好啦。」我說得理所當然，同學家的父母都有在工作，就只有我媽，已經兩年都沒工作了。

沒想到我的這句話又惹毛她，她立刻變臉。「我如果去工作！我要怎麼知道你都去了哪裡！我要怎麼找到你！」

「媽……」

「閉嘴、閉嘴、閉嘴！你根本就不懂我是在為你好！外面的世界有多可怕你根本就不知道！」

「好啦，媽！我知道了……只是最近作文要寫爸爸的職業，我才會這樣說的，我又沒有爸爸，不是只有媽媽了嘛……」看了媽媽歇斯底里那麼多次，我漸漸找到方法，只要我輕聲細語地說話，她慢慢就會好了。

「爸爸……對啊，你沒有爸爸、只有我了……學校真的出了那種題目？老師也說你也要寫？」

「呃、老師是說這是作業……」

「好吧，媽媽會去找工作。」

我內心一陣竊喜，想著終於不用無時無刻都被媽媽跟著了。

但這件事我沒有高興太久，很快媽媽就找到了一份在家代工的工作，而且也沒有因此變得比較忙碌。不過，一個月後我如願拿到了想要的講義，這樣很好，因為我又離目標更近一點了。

「喂——！」學長用力地在我耳邊大吼，我的耳膜震動到刺痛！這才驚覺我竟然恍神了，在情況這麼危及下還能恍神，或許就是因為太害怕，才會想逃避吧。

「我靠！你是嚇傻了是不是？叫你幾次了啊？」

「對啊！還是你真的想被推下去？我們是沒差喔！我乾哥跟我說，我們現在不管做什麼殺人放火的事，都不會怎樣，他說只要去少年院待一陣子就好，而且出來還會變大尾呢！」

「真假啊？那幹麼還跟他談條件？直接把他推下去就好啦。」

「幹！你是白痴喔！你忘了我乾哥還說，那個洞跟女生的洞不一樣，一定要試過才叫真男人喔！」

「幹！可是那是大便的地方欸。」

「算了啦，你不敢我敢啦！喂！你考慮好沒？是要被我推下去摔個稀巴爛，還是被我插幾下？」

「插、插什麼？」

「喂……」學長忽然湊過來賊西西地說：「就說了是你大便的地方了。」

「……」

「我數到三，你不回答他們就會鬆手。」

什麼？為什麼？

我到底是哪裡做錯了，要面對這種選擇題？

我努力回想不久前，我還第一次有了在意的人。

對，我很在意她，不知從何時起，莫名地在意著。她叫做李語舒，她長得很漂亮，是那種輕輕微笑就會讓我忘記所有事情的人，甚至忘記我的目標。

但她卻很難以親近，每次我藉機去跟她借筆記抄，還是一起當值日生時，拚命找她說話，她都不理我。

我後來只好去跟她的好朋友親近，她的好朋友是班上的風紀股長，是那種很好懂的類型，所以我很快就和風紀打成一片，並且經常邀請她們來我家玩。語舒只有風紀一個朋友，所以不管怎樣她都一定會跟來，但她還是不太理我。

我真的很洩氣，沒想到讓她跟我說話，比任何的實驗或考試還要難。

我試了很多方法，偷放巧克力給她、寫紙條暗示她，通通沒用，就連我把她的鑰匙藏起來，逼得她不得不單獨回來我家找，她還是避著我。

後來我才知道，原來我要先變得很有吸引力才行，就像動物間的求偶一樣，如果我不變得有吸引力，她是不會注意到我的。

「一、二……」

學長穿透的倒數聲，即將要喊到三，我覺得自己的嘴唇都抖到說不了話了。都這種時候了，我還在想何時語舒會跟我說話，但是……如果我掉下去了，摔得四分五裂，那種願望就更不可能了！

「我願意！」我扯著喉嚨喊出來。

我很快地就被拉上去，學長用力扯下我的褲子，瞬間！我聽到了害怕的聲音。

我的嘴巴發出比媽媽歇斯底里還要恐怖的叫聲，全身的痛感難以言喻！那種被異物入侵身體的感覺，讓我立刻知道，自己答應的是個魔鬼條件……

「靠啊！真的超緊、超爽啦！」

學長用力地反覆戳插，每隨著他戳插一下，內心的恐懼就吼叫一次，那個吼叫直到他噴出噁心的液體在我的屁股上為止，一切才終於停下。

「喂！你要是自己不想丟人現眼的話，最好閉緊嘴巴啊。」學長蹲在我旁邊笑道：「雖然我乾哥說要這樣做才是真男人，但我才不想被人誤以為是 Gay 咧！」

我沒有回答，只是愣愣地盯著樓下的景物，結果看著看著我就吐了！後來過了好陣子，我再也無法從高樓往下看，因為這樣一看，害怕的聲音就會在耳邊響起，逼得我直反胃。

「仕谷……對不起！都是我的錯！」周秉君哭哭啼啼地道著歉，我卻一點感覺也沒有。

「喂周秉君，這件事要是你敢說出去，甚至敢告訴我媽，我一定……」

「我什麼都不會說的！嗚嗚嗚……這都是我的錯！」

「是啊，這都是你的錯，你最好用一輩子記住，我因為你受了怎樣的痛苦。」

其實，不是這樣的。

我不是因為周秉君，我只是因為還沒完成讓李語舒在意我的這個目標，所以不想死得那麼快。

但不知為何，看他那麼愧疚，我的害怕，好像就減輕一點了。

他的地獄

我其實不是沒努力過在學校裡好好生存下來。

但很多事，不是努力就會變好的——就像現在故意撞上來的李威成，明明是他把我撞倒在地，卻吼得像是我的錯一樣。

「哇靠！完蛋了啦！我今天碰到衰鬼了，今天會衰一整天啦！手要爛掉了。」

「幹！你是走路不看路喔！」霍恆瑞用力踹了我好幾下，直到鐘聲響起，這兩個最愛找我麻煩的傢伙，才悻悻然地坐回位子上。

班導捧著點名簿，從我面前經過，彷彿完全沒看見我似的，這種視而不見對她來說是很好的藉口，就算有天我鬧了起來，說自己被霸凌，她一定也會說：「我從來不知道我們班有這種事，是你編的吧？」

只要裝作沒看見好，只要把眼睛矇起來就好，就像班上那些惺惺作態的女生，明明看見流浪狗還會嚷嚷著：「好可愛」但對於我這個流浪在班級角落的邊緣人，她們只會說：「好噁心」。

這世界上不公平的事，太多了。

不公平到會讓人放棄努力，不公平到會想殺了全部的人，讓他們知道我的厲害。

砰！

才剛一下課，我的桌子就被踢飛。「陳衰鬼！你剛剛那是什麼態度？你居然敢瞪我？是不是老子最近教訓你得太少了？」

「我、我沒有……」我一緊張，連講話都結巴。我真是非常厭惡這樣的自己，明明我很想反抗，但一聽見他們對我大吼，就什麼也不敢了。

就因為我這麼懦弱，所以才會被所有人欺負、被這兩個畜生騎到我的頭上來！

「你就是個廚餘，懂嗎？喂，今天午餐你就吃我們全班的廚餘就好啦，幹麼浪費新鮮的食物？」霍恆瑞在這個班上有非常大的說話權，他的爸媽都是非常有名的演員，是霍一成和張琳的兒子。有基因那麼好的父母，可想而知他的外表來得毫不費力，人長得高又帥又有錢，他根本就是一出生就拿到了人生勝利的門票，這輩子不用努力就能好好活下去。都已經有那麼好的人生了，他好像還不滿足，所以他就盯上了我，我成了他的生活樂趣。

他隨口一說叫我吃廚餘，中午我真的就得吃廚餘，午休時間，霍恆瑞命令每個人在廚餘桶裡吐了很多口水，最後叫我全部吃光才能走。

通常我做這些痛苦的事時，是沒有感覺的。我猜人類的基本保護機制，會杜絕所有痛苦的神經，只為了讓人體能順利運轉。就像腎上腺素爆發一樣，可以讓人短時間變得亢奮有力量。

那種時候我都會跳脫正在受苦的本體，仔細想著到底為什麼我要受到這種罪，每次想著想著，都會想起老爸那張不起眼的臉。

不，更準確地說，老爸所有的一切都很不起眼。

他居然能在一間人數不到五十人的小公司，當一名小職員一做就是二十五年，這二十五年來，和他差不多時間的人要不就是升遷了、要不就是光榮退休去了更好的地方工作。我會知道是因為，他那些同事都會邀請我們去吃飯，就像一種炫耀似的，總是在老爸面前講得很浮誇，最後都會補上一句：「陳主任，我相信你一定很快也能升遷的！你那麼有能力」。老爸聽到這些都是笑而不語，好像那些話跟他無關似的。

他也沒有因此受到刺激而變得積極進取，依然是混一天過一天，每天回到家，表情輕鬆得像日子過得多舒服一樣。

真是不公平啊！他活得那麼輕鬆，他的兒子卻因為他的不爭氣，而在學校處處受人欺凌！他要是有個稱頭的職位，也許我就不會被霍恆瑞盯上，也不用經歷這些痛苦。

我的頭忽然被往後抓，抓我頭的竟然是班導！「你這孩子是有什麼毛病？叫你不要吃了，喊那麼多聲都沒反應，是想故意吃壞肚子害我吧？」

「我、我沒有……老、老師、是、是他……」

「閉嘴！還敢頂嘴！你午休時間去教師室外面罰站！」

全班發出咯咯的笑聲，好像我剛剛做了很有趣的事，笑聲愈來愈大、愈來愈大，震耳欲聾到我想摀住耳朵，霍恆瑞還直接在我的耳邊大吼，吼到都耳鳴了，直到有血流出來，他才停下。

「哇靠！耳朵還會流血有夠噁！」

「小心啊！不要沾到他的血，搞不好會衰一個月！」

我躺在地上，他們的嘲笑聲我逐漸聽不到，我看著一直背對我坐著的班長薰愛，一如既往地不為所動，一點都不想插手我被欺負的事，但如果不是因為她，我今天的下場應該也不會這麼慘。

去年國二快要放暑假時，我們班的班費就這樣在眾目睽睽之下，被霍恆瑞搶走，而且沒人敢說半句話。他搶走之後隔天就還了三倍的班費回來，彷彿他搶走就是為了要證明他很有錢似的。

即使事後霍恆瑞有把錢歸還，當天班長就因為班費遺失之責，而被老師記了一支警告。

班長始終低著頭沒說話，後來我一直跟著她，發現她走到垃圾場才一個人蹲在那裡哭。就是因為她哭得太可憐了，我才決定去報告老師，希望霍恆瑞可以受到懲罰。後來老師把我們三個人叫去對質，卻變成我是一個說謊精，班費根本沒有被搶，都是我在亂誣賴同學……

我完全不能明白怎麼回事，一出教師室，我就被抓到廁所打了，在那天以前，我頂多是個班上沒人想靠近的窮酸鬼，那天以後，我成了所有人的出氣包，誰都可以往我身上打幾下，誰都可以對我吐口水，誰都……連班長都……

「霍恆瑞，你不是說今天放學要請我喝飲料嗎？」薰愛班長忽然轉頭，因為視線的差距，現在看起來她就像在直視我一樣。

「那種人請的飲料妳也敢喝？」霍恆瑞冷哼。

她隨即陪著笑臉說是開玩笑，然後跟上他們的腳步離開。沒人管我還流著血倒地不起，且更讓我不解的是，原來班長和霍恆瑞的關係很好。

是什麼時候好的？去年？還是本來？那班費的事呢？都是我蠢？

「哈哈哈哈……哈哈哈哈！」我愈笑愈大聲，很快又有幾個同學來踩我幾下，叫我不要笑得那麼噁心！

我噁心？不，噁心的是這個世界。

※

我滿身是傷地回到家，爸爸依然在加班，他明明領著最低的薪水，要做的事卻是所有人的數倍，每天都在公司待個15、6個小時，只因為大家都把工作丟給他，他卻還會說：「我覺得這樣很好，我熟練的東西變多了，以後不怕丟了工作找不到下一個。」他還真是會做夢啊，他都幾歲了，如果有天被開除，他那麼瘦弱，連個大樓管理員可能都應徵不上，還痴人說夢地說在學東西？可笑！

我們一家都很可笑。

我媽因為受不了家裡這麼窮，跟一個很有錢的人劈腿了，對方也是已婚，但媽媽說過，那個人會給她錢、買禮物給她，她覺得跟那個人在一起，比跟爸爸過苦日子幸福多了。

當媽媽把離婚證書拿出來，爸爸想也不想地就簽了，還對媽媽說：「以後想回來還是可以回來，這裡永遠是妳的家，如果不想聯絡也沒關係，我只要妳幸福就好，就像當初我對妳承諾的一樣。」

聽到爸爸這樣說，媽媽冷笑：「承諾？你根本沒讓我幸福過！可憐了彥儒，這輩子還得繼續跟你過！彥儒啊，媽不是故意不帶你走喔，你也知道，媽媽辛苦了十幾年，也想得到幸福啊！」

我覺得媽說得很有道理，被爸爸害得日子過得這麼苦，她是有資格離開，沒帶上我也沒關係，搞不好她偶爾會給我點零用錢，這樣我就有錢買好一點的球鞋和手機，這樣……班長也會理我了吧。

結果媽媽已經離開大半年了，一次也沒聯絡過我，我們都不知道她的新地址和電話，媽媽……肯定只是會害怕爸爸後悔，才這樣的吧，只要再過一陣子，她一定就會聯絡我的，然後為了安慰我，給我好多好多的零用錢。

是啊，只要有錢就好了，有錢的話一定能改變很多事。

但是要怎樣才能賺錢呢？我聽說 youtuber 沒有年齡限制，只要會拍影片就好了……

「噗哈哈哈！」我為自己的異想天開感到爆笑！我一定是被那些人揍昏頭了才會有這種愚蠢的想法。我這樣的人，還想拍影片？真蠢，難怪他們討厭我，連我自己，都討厭得不得了。

手機螢幕倒映出我的臉，看起來又醜又肥，身上的汗臭味更是我常挨打的原因，像我這樣的人，就算長大了也是一生痛苦吧。那是不是，我只要去死就好了？我應該要去死。

反正總有一天我也會被人打死，反正根本沒人希望我活著，反正爸爸到時一定很會自我安慰，反正……

手機螢幕的反光中，裡面的人哭了。真窩囊。

外頭出現聲響，都已經晚上快十點了，爸爸終於回來，我可以聽見他重重的嘆息聲，聽見他沉重的步伐，走沒兩步就坐在客廳的沙發上，動彈不得。跟我稍早前回家時一樣，我們沒有不同。

爸爸從來不知道我在學校的事，是因為我覺得他就算知道了，也無法為我做什麼。不知為何，我忽然很想知道，他是不是真的窩囊得這麼徹底。

我走出房間，一步步走到爸爸的視線範圍，他已經累到在打盹，完全沒有睜開眼睛。

「爸……我在學校被同學打了，耳朵還流血了。」

爸爸緩緩地睜開眼，他的眼睛愈睜愈大，似乎被我滿臉的傷給嚇著了！

「彥儒啊……你說這是同學打的？」

「對。」

看吧，他什麼反應也沒有，就和媽媽提出離婚的時候一樣，只是靜靜地看著，表情沒有任何變化，好像事情與他無關。

「爸最近工作忙，你明天先去耳鼻喉科看一下，看聽力有沒有受損，其他的……其他的我會處理。」說完，他就回房間去睡覺了。

這就是我的爸爸，任何大事發生都不會有反應，好像有天有人拿刀在他面前，他都能無所謂地看著對方殺死自己。如果可以，那就去殺死他吧，這種人當我的爸爸，才是我最大的不幸！

※

次日，我沒有去上學，更沒有去看耳鼻喉科，我就像個失去任何生存慾望的人，只想躺著等待生命慢慢死去。

躺到傍晚，肚子餓得受不了了。

隨意吃了碗泡麵，經過爸爸的房間我猶豫了一下，忽然很想知道爸爸有沒有寫日記的習慣，這樣搞不好可以知道，他昨天看到我那樣的感受。我似乎很需要知道爸爸對我的感覺，如果不趕快證明，我怕我真的會殺了他。

都死掉就好了。

我殺了他、再自殺。然後當個一天社會版頭條，之後我們就會被忘記，只剩下房東會恨我們很久而已。

一想到這樣可以讓那些有錢到當收租婆的人氣到七竅生煙，就覺得很興奮！

我在爸爸的房間到處翻找，最後我翻到了一箱滿滿都是A片的箱子，數量多到至少有上百片！

「靠……」

看起來那麼無欲無求的爸爸，居然也會有這麼多A片?!他都是什麼時候看的啊?明明每天回來都累得只想馬上睡覺啊！

看著那些情色的封面，還不用偷看內容我就已經勃起，暗自打了一發手槍後，才注意到A片的類型幾乎都是多人的，我都不知道爸爸竟然這麼重口味。

我繼續翻找，直到翻到最底部，竟然出現一個行車記錄器，在這成堆的A片底下，藏著這麼一個突兀的東西，不需要猜想，都知道很奇怪。

難道爸爸有發生什麼見不得人的事嗎?還是……打開行車記錄器，裡面還有記憶卡，我盯著記憶卡一會兒，決定先看看內容再說。

倏地，我聽見外頭的開門聲，慌慌張張地把箱子放回原位，隨手把記憶卡塞進口袋，才剛打開房間門，就看見爸爸已經站在客廳了。

「爸……你今天沒有加班？」

「學校說你沒上課，我有點擔心……不過，你在我房間幹麼？」爸爸不明白地搔搔頭，那張總是和藹的臉上，沒有露出一絲懷疑我的表情。

「我、我在找止痛藥……爸，你不用加班沒有關係嗎？」

他笑了。「爸爸不一定要加班的。」

「我剛剛打電話給你的導師談過了，也有打給那位欺負你的同學，他叫霍恆瑞對嗎？」

下一秒，我又被爸爸爆炸性的發言給嚇到！爸爸打電話給霍恆瑞?!完了，明天我可能會被他活活打死！

「你不用緊張，恆瑞他不會再對你怎麼樣的。」

「爸、你做了什麼？」

爸爸搖搖頭。「什麼也沒做，就是聊聊天而已。」

我突然覺得爸爸很陌生，他不像是會為了我突然去找人理論的人，他也吵不贏別人，那他到底是怎麼跟他們說的呢？

爸爸似乎察覺我的疑惑，才娓娓道來。「我向霍同學道謝，謝謝他們給你提前上了一課，這很寶貴，你以後在外面都學不到，他卻提前教你了，謝謝他讓你的內心變得更堅強。」

「爸……你說的，是真的嗎？」

爸爸認真地點點頭。「當然啊！」

「我傷成這樣，你卻……」

「我覺得你可以當成這是一份人生的禮物。」爸爸以為我聽不懂，還試圖繼續解釋，而他愈解釋，只會讓我愈火！

「我去你媽的禮物！幹！」這是我第一次對爸爸罵髒話，就連補最後一個字，嘴脣都還有點抖。一罵完我就衝出家門了，因為不知道要去哪，最後只能流連到網咖。

我的腦海無法受控地一遍又一遍重複爸爸說那些話的神情，重複到我再也不會忘記為止。

他的腦子到底有什麼問題！我在學校被霸凌到這種程度，他卻還跟那些畜牲道謝？都去死吧！誰都好，這個世界每一個幸福的人都去死吧！

我想到了那個記憶卡，插入電腦後，很快就跳出一個影片檔案，檔案的預覽畫面很黑，完全看不出來是什麼。

我猶豫了一下，總覺得那個箱子裡裝的都是爸爸的黑暗面。人無完人，怎麼可能有人無時無刻都是個善人？善到兒子被人欺負還說謝謝？那些A片、還有這個行車記錄器，一定就是……我吞了吞口水，按下播放鍵。

記錄器前面都很無聊，街景是小時候我們住過一段時間的社區，那時爸爸都會把車停在超商旁邊的停車格。把時間軸快轉，一直往後拉，忽然畫面中出現許多警察，我慢慢把畫面倒回去，回到事故發生之前。

忽然，畫面中出現一台開得很快的小貨車，它處於綠燈直行的狀態，但旁邊一台轎車上的男人，忽然下車橫衝馬路！他完全沒有注意號誌燈，更沒有左右看一下，好像有更緊急的事，需要他衝到馬路對面。

砰！

他就這樣被撞到！他先是摔在擋風玻璃上再滾到一旁，看起來奄奄一息，那在地上掙扎的姿態，跟我平常被打到爬起來不的樣子很像，原來看起來那麼滑稽，就像一條張大嘴拚命想呼吸的金魚，滑稽到令人發噱！難怪大家喜歡看我躺在地上那樣，看起來真的又蠢又好笑。

正當我咯咯笑得正開心，那台肇事的車子忽然加速倒退！砰！原本還在掙扎想坐起身的傢伙，就這樣被硬生生地輾過，露出來的一隻手連動都不再動。

我的心臟砰砰地跳，不是因為驚嚇，而是我想起來了，想起這個事故，雖然那時我還小，但社區的阿桑都在討論，連學校的男生也在講，說那個超商以後晚上一定會鬧鬼，因為有人死在超商正前方！還說……他們還說了什麼呢？

我照著記錄器上的日期再加上關鍵字搜尋，很快地當年的新聞馬上都跑出來了。

「慟！高材生孝子被酒駕致死！」、「家屬痛批酒駕殺人竟然只需要關幾年！政府何時修法？」

我的心臟，還在砰砰跳。從看到的瞬間我就知道了，我掌握了這個人的命運。平常我的命運都被掌握在霍恆瑞手上，現在換我，也掌握了這名司機的命運。

既然只被關了幾年，那麼他現在應該已經出獄，然後不知道在哪裡重新開始生活了吧。不覺得很不公平嗎？這樣的殺人犯，憑什麼只要關個幾年就能像什麼事都沒發生一樣地活著？而我，無論換去哪個學校、哪個班級，我的人生卻還是一樣糟！糟到我每天都想去死！

「這可……不行啊。」怎麼能讓這種人，活得比我還好呢？

有沒有什麼辦法，讓這種人被揪出來鞭屍，鞭得更慘一點，愈慘愈好呢？

倏地，一隻手用力壓在我的頭上。抬眼一看，是那個讓我做夢都會怕的人，霍恆瑞。

「喂，還有時間在網咖看這種影片啊？看別人很慘很好笑？那你也讓我來笑一下啊。」

我全身止不住顫抖，霍恆瑞的聲音聽起來很可怕，感覺他正在壓抑他的憤怒。

「把他帶去老地方。」他指使著另外兩名同學，我被他們一人架一邊，畫面看起來，我們三個就像很要好的同學，有說有笑地離開網咖。我不知道他說的老地方是哪，其中一人叫我坐上摩托車，我根本沒有機會逃跑。

霍恆瑞說的老地方，是一間看起來像是舊唱片行的地方，實際上去了地下室，下面卻被改建得很豪華，有吧檯、switch、還有健身器材。發現是個正常的地方，我的害怕就減少了一些，可我的安心只維持了幾秒，當霍恆瑞拿著啞鈴朝我走來，我就知道了，我今天真的會死得很慘。

「靠！居然叫你爸打電話來？打給我？你爸到底知不知道我是誰的兒子？我的電話是他可以隨便打來的嗎？不過真是好笑，果然有什麼樣的窩囊廢，就有什麼樣的兒子，你們父子真是我看過最窩囊最不要臉的廢物，居然還謝謝我給你上了一課？真的很搞笑欸！」

「啊啊啊啊……我錯了！對不起！饒了我！對不起！」我不斷求饒，全身的骨頭感覺都要斷了，他拿起一個又一個啞鈴，把我當標靶在丟！我想躲也沒處躲，想逃也逃不了，其他的同學咯咯笑著，好似我躲來躲去的樣子有多滑稽。

「恆瑞，你剛剛丟到他的肩膀超好笑，他的臉超醜！」

「丟他那裡啦！這種人就該絕子絕孫，不然他們一家的窩囊基因會一直傳下去耶。」

「好恐怖喔！一直傳下去。」

喀啦！他一個手滑，砸到了旁邊的玻璃櫥窗，我趁機穿過洞口，拔腿往出口跑！我想跑快一點，腳好像骨折了，只能狼狽地拖著走，耳邊傳來樓梯下方叫囂的聲音，腎上腺素的激發，讓疼痛暫時消失，我能跑得更快了！已經逃到唱片行外面。接下來只要呼救就可以了，可以的，我可以逃離，我……

砰！背部被啞鈴丟到，我直接往前撲倒，摔得鼻血直流。

「靠！你再跑啊，很會跑嘛。」

「恆瑞，我們來處理啦，你在外面動手不好。」

「對啊。」

「你們別吵，回去幫我再拿兩個更重的上來，快點！」

我躺在地上狂喘，鼻血流到讓我只能像魚一樣不斷張口吸氣。他一把抓住我的頭髮，對我罵了什麼我已經聽不清，目光追隨到他的後方，正有一台車，或許是受了那個影片的影響，我突然有個想法……我用盡全力猛力站起來，我的肥胖身軀頂到了他，他一個沒站穩，就要摔倒，我順手補推一把——

砰砰！

車子完全來不及閃避地撞上霍恆瑞，他在天上翻了一圈，墜地之前瞪著我的眼神，像要把我生吞活剝似的，最後重重摔在地上，嘴裡還念念有詞，像是在罵髒話。

還沒死，這樣都沒死。

明明他的血像破掉的血袋，迅速在柏油路上擴散，但他好像還能坐得起來。

砰！

和那個影片一模一樣，那輛車如我祈禱的，再次倒車輾過，那張囂張的臉終於罵不了人，他痛苦哀嚎的樣子和我哀嚎的表情一樣，就算長得再帥，這種時候他和我沒兩樣。

車子輾過他的腰，便立刻開走了。

他的同伴拿著啞鈴上來，一看到這幕，全都嚇傻，啞鈴從他們手中鬆脫，有一個滾到了路邊，一台機車不小心壓到，立刻滑倒摔車，突如其來的車禍，也造成另一台車閃避不及，眼前接連發生的畫面，莫名戳中我的笑點，我捧腹大笑，對著動也不動的霍恆瑞，哈哈大笑。

死了。都死了。

死得太好了。

多虧了那個影片，給我這麼絕佳的靈感。

沒用的爸爸，總算做對一件事。

我的地獄

原來，我們都在地獄裡。

無論是那個說起兒子有點癲狂的林美花，還是我愈來愈不了解的靜書，我們都在地獄裡。

我曾經以為日子雖然苦，但至少世界不再長得像十八層地獄，就像蓮池潭的龍虎塔裡畫的那種地獄，所有的人都痛苦得呻吟，所有的人都逃不離這一生的罪惡，必須一遍又一遍地重複受懲罰，直到閻羅王說停為止。

我是真的以為，我已經脫離了。

原來不過是我想太多，我太痴心妄想了，才會招致懲罰降臨。

就在前天，有個撼動演藝圈的新聞發生了，知名演員張琳的兒子竟然被人撞死！且肇事者還被目擊又倒車輾過一次，才造成致命死亡。這樣泯滅人性的行徑，當然被大肆報導一番，他甚至肇事逃逸，不到一個多小時就被抓到，被抓到時酒測值0.18，確定是酒駕肇逃。

看到這則新聞時，內心隱隱感到不安，這一定會刺激到林美花，可奇怪的是，她不但沒反應，還請我吃了飯。不……也許她那時還沒看到新聞，像我就是吃完飯回家後才看到的。就算如此，她現在應該也要情緒失控地來罵我了，居然沒有，這實在詭異。

此時新聞底下一則熱門留言，硬生生地，重新替我打開了地獄之門。

——「你們知道十一年前，也有人這樣撞了人又故意輾死嗎？」

——「而且我有影片，有人想看嗎？」

接著那個人放上一張截圖，我看著那再熟悉不過的街景，那總是在我惡夢中一次次重複的景色，就這麼被攤開來貼在留言回覆中，下方已有幾百則留言，甚至有不少人說出了正確地點，更列出一條條在這十字路口發生過的車禍新聞。

只能說，現在事情還沒有擴大，因為那個路口在這十多年間又發生了數起車禍案，其中也包含了酒駕車禍，當地甚至在那放置警告的招牌，希望能讓車禍減少。

我能看見遠方已經亮起我的車燈，更能知道此時我是綠燈。但誰在乎呢？十一年前沒人在乎，如今這個影片若真的流出來，更不會有人在乎吧。

他們只會看見我是如何二次輾過一個活生生的人，殘忍得令人髮指，然後再把我肉搜出來。如同過去的罪人被人砍頭了，還要把頭掛在城門斬首示眾、任人踐踏。我很快就會被全台灣踐踏。

我關掉手機畫面，無論我現在如何發抖也沒辦法，那肯定是當時停在路邊的某一台車錄到的，雖然十一年前的畫質沒有現在高清，但要錄到一個殺人畫面，也不需要那麼清楚，有好好記錄下來就夠了。

我甚至連點開那個留言者頭像的勇氣都沒有，我不想知道他是誰、多大年紀、做什麼工作，我更不想知道他在這時跑出來蹭新聞的目的，畢竟，他若是公開，也不過是公開一個事實，沒有造謠。

把手機往桌上一丟，忽然有點鬆口氣的感覺。

因為靜書已經離開我了，在暴風雨來襲後，她不必陪我一起淋雨，更不需要被我害得失去工作……不對，她已經因為我求婚而被迫消失了。

前天，阿軒有來找我，雖然我已經叫他不要一天到晚往我這兒跑，但他還是每隔兩、三天就來一次。

「我說你真的是吼，還覺得我煩，你應該要高興！」阿軒忿忿地說。

「高興啥?你一直來提醒我失戀?還是一直來問我心情好了沒?」

「你要高興，這個世界上還有一個人很在乎你還在不在!欸、我這可不是在笑你沒家人什麼的噢!這世上多得是那種，家人都還健在，但就算他消失了，也沒人會找的人。」

「就算消失了，也沒人會找的人。」這句話太過犀利，我忍不住覆誦。阿軒就是這樣，常常酒一喝，就口不擇言，偏偏說出來的話都因為太過真實，而無法反駁。

「所以，如果我消失了，你會找我的原因，是不是因為我還欠你很多錢沒還？如果是那樣的話，要找我的人可多了！」

「你是沒吃飽在哭夭喔！找你哪還需要什麼原因，當然是擔心你啊！」

「阿軒……照你這樣說，如果連我都放棄找靜書的話，那她不就成了你說的那種人了。」

「是啊，可能吧。你前陣子那麼賣力找她，有哪個人聽說她失蹤了，擔心得想要跟你一起找嗎？」

「那我……還找嗎？」

阿軒最後還是沒回答這個問題，他一臉欲言又止，似乎怕說了什麼會傷害我，又或者……他更希望我能快點接受現實，不要再找一個執意離開的人。

我又拿起手機，這起新聞延燒到，我根本不用特意去找，臉書隨便一滑都能看到好幾條。

「肇事者曾景煜因為家中有兩名身障的小孩要扶養，肇事當下擔心會付不起高額賠償金，所以才故意倒車又肇事逃逸。張琳一度哭暈在靈堂，並揚言要一直提告上訴到曾景煜被判處最高刑罰為止。」

「張琳為兒逝世違約兩部戲約、五個廣告，賠償金高達五千萬，霍一成也停拍內地的戲，已經回到台灣為兒哀悼。」

還好，目前還沒有媒體注意到那個留言引起的話題，大家的重點都還是擺在張琳有多哀痛、憤怒上，以及還有許多YT也紛紛拍影片，表示和被害者很熟等等的，沒有人在乎一個不是名人的人，曾在十一年前也曾做過一樣的事。

真是，太好了。

手機又跳到我和靜書的對話框，難以想像，不久前的我們，還平凡地聊著天，怎麼才一眨眼，我已經失去她了。

我敲下了一些字，卻沒有勇氣傳送，只好刪除——「靜書，這個世上還有我，會因為擔心妳而找妳，妳可以不要再見我，但妳要記得，我永遠會是那個，發了瘋去尋找妳的人。」看著字一個個消失，我們的回憶，好像也正一個個不見。

簡訊的聲音把我的思緒拉回，我抱著一絲期待地打開，最後卻看見林美花的名字。

「晚上七點來我這。」

沒有咒罵、沒有目的，我甚至可以做好準備，這一趟去了是要被林美花殺死的。她大概是終於注意到新聞了，也終於刺激到她了。

關於我二次輾壓的事情，一直都是沒人知道的。我沒說，警察也沒查出來，或許他們認為車禍死亡這麼明顯的事，不需要再安排解剖，只要相驗過就好了。所以，沒人發現。

我甚至曾經希望有人能揭穿我，這樣我這十一年也不用活得這麼痛苦。如今真的快被人發現，我卻害怕了。

前往途中，我回想上次林美花說的那些過去，愈想愈覺得有很多地方很不合理，先不說大學不回家住這件事，我總覺得她形容的每個時期的個性，都像不同的人，都充滿著矛盾和違和感。

是因為她過度美化回憶的關係嗎？還是她刻意地跳過了什麼？而且說到大學就那麼歇斯底里，那之後出了社會、當教授之後的事呢？那個被她厭惡的女朋友還在嗎？沒有分手嗎？

仔細想想，那時會為了王仕谷衝出來毆打我的，只有林美花一人，他們家似乎沒有別的親戚，或是親近的人。

滿腹的疑問在胃裡發酵，我因為太過糾結要不要發問，而不小心踩到塑膠袋滑倒，這一滑，才發現我已經到她家門口了。

突然，隔壁鄰居的門又偷偷打開一條縫，裡頭有個男人露出了半張臉，佈滿紅絲的眼睛，死死地盯著我。要不是他已經做了這種行為很多次，我真的會以為他是不是恨我。

為了怕他又馬上關上門，我立即脫口：「你是王仕谷的朋友嗎？」

這次我清楚地捕捉到，男人因為聽到這個名字，瞳孔劇烈地縮放！砰！他又把門關上了。

他們確實是朋友。

可是年紀看不出來有沒有同年，我不想去細算如果王仕谷還活著的話就是幾歲，我不想知道我奪走了他多少的人生。

喀啦。

或許是聽到動靜，林美花把門打開了，她由上往下瞥了我一眼。「快點進來，不要跟別人多話！」

「對不起……」

「你平常也這樣嗎？」

「什麼？」

「動不動就說『對不起』？雖然你的確要對不起我的事太多了，一輩子都道歉不完，但你平常也是這樣跟別人說的嗎？」

「我……應該是，我沒有特別注意。」

怎麼回事？總覺得今天的林美花感覺特別正常，正常地找我話家常、正常地叫我快點先吃飯，還會主動關心我的工作狀況，好像我們是什麼可以坐下來開心聊天的關係似的。

她難道沒有看到新聞嗎？她……

她一抬眼，看我的眼神驟變。「你只是在還債，別往自己臉上貼金！」

「呃、這個月該匯的我已經轉帳了，難道沒有收到？」

「是還我整整十一年沒人陪我吃飯的債！」

這句話成功讓我閉嘴了，我默默吃著一桌比上次還豐富的晚餐，每一道家常菜，都足以讓我想起母親煮飯的背影，可悲的是，我記不起任何一道的味道。

關於媽媽的味道，關於媽媽的臉，都在我逃避的過程中一一遺忘了，好像只有忘了，再想起，才不會那麼難過。

「你媽媽以前煮什麼你最愛吃？」

像是故意似的，知道了我的痛處，林美花就故意往這踩。她眼底閃過的一絲得意，讓我驚覺，她今天表面的親切，原來是這麼一回事。

「我想不起來了。我記得的，都是醫院伙食的味道。」

看啊，林美花的表情像是在看喜劇似的，笑得連嘴都合不攏了。唯獨我愈來愈痛苦，才能讓她感到快樂。

我想起阿軒說，如果我消失的話題。

這世上還有個人會焦急地到處尋找我，那就是林美花。

因為我是讓她處在最後崩潰邊緣的一條安定線，如果連我這個發洩處都沒有了，她肯定會因為目標消失，而自暴自棄。

我很懂的。

因為我丟失的安定線，連它被擺在哪兒，都不會有人告訴我。

「你知道這世上最難當的是『母親』嗎？你不知道吧？你的母親都在生病、逃債，你們倆之間，已經分不清誰才是保護者了。但一般的母親，不好當。把孩子當成寶貝捧在手掌心，盡其所能地教導他正確的做人處事。可是啊，很多時候一棵幼苗，永遠不會往自己所想的方向成長，有可能，最後會長成一棵，我不想再照顧的……喂，你今天看起來怎麼那麼不專心？明明是你說想聽我講仕谷的事。」

「對……抱歉。」

「『抱歉』和『對不起』的差別在哪？還不是一樣。」

「不一樣喔。一個是對您抱有歉意和愧疚，一個是表達歉意。」

林美秀的表情微微地有了點變化，就像差那麼一點，她的偽裝就要顯露出來似的。「那麼，你以後就說『抱歉』吧。」

「好的。」

她替我斟滿茶杯，剛剛飽餐一頓，我倆就這麼對坐著飲茶，看起來就像一家人一樣，比起前幾次，她現在好像更能心平氣和地對待我了，果然人真的是最容易習慣的動物。

不，還是有一種人無法習慣的。就是像我這樣心懷愧疚的人，永遠都無法忘記自己的罪。

「發生了什麼嗎？」

突然被她這樣關心，我有點不知所措。「呃……」

原本慈愛溫和的表情，在轉瞬之間就變成了扭曲的笑容。「是因為張琳的新聞吧。」

「原來您都知道啊。」

「我當然知道了！酒駕受害的群組有貼啊。而且……好像還有人貼出我們小豆苗的新聞，貼在留言區。十一年那麼久了，居然還有人記得！」她的語氣有點得意，似乎有種自己兒子的案件，果然還沒被世人忘記的優越感。

「那麼您……應該很開心吧？如果我的案子被翻出來，我很快又要再被大眾審判一遍。」

「別一副自己是受害者模樣，委屈給誰看？」她話鋒一轉。「不過群組裡有人提到，好像有人有當時事故的影片……那樣的影片……紀錄我們小豆苗死亡的影片……」

她從正常說話變得念念有詞，感覺她又要瀕臨抓狂邊緣。

「林阿姨，不管到底有沒有影片，您任何時候想要打我、殺我，打給我就行了，我隨時都會到。」

「哈哈哈哈！你這小子果然瘋了啊！還是你被我罵上癮了？不會吧？啊！是因為你那個女朋友跑了的關係嗎？跑了就跑了啊，發什麼瘋啊！」

「說到靜書……林阿姨，您真的對她一點印象都沒有嗎？」

她表情恢復冷靜，喝了口茶。「我一個老太婆，跟那種小姑娘會因為怎樣的關係認識呢？難不成她會跟我們小豆苗有關係？那時她才幾歲？」

對啊，十一年前，我們年紀都還那麼小，而王仕谷過世時已經二十八歲了，確實……不太可能。是我想找靜書想瘋了吧，才會一直認為林美花跟靜書認識。

可是，不對啊。

「就算跟您兒子沒關係，不代表就不能認識啊。搞不好她也是在那個群組裡面呢。」我隨口猜測，但這個猜測就算成立也不奇怪，因為靜書曾經向阿軒打探了我的過去。

「我不想再和你討論一個毫無關係的女人，你別像個窩囊廢一直惦記著離開的人了，離開你本來就很正常，誰會喜歡一個有事沒事就鑽牛角尖、哭喪著一張臉的人？」

「您說得是。」

「陪我出趟門吧。」

「啊？」

今天的林美花，果然奇怪得令我難以招架！這還是那個一見我就歇斯底里，瘋狂哭喊叫罵的人嗎？即使覺得渾身不對勁，我也不敢不答應她的要求。

出門時，我不禁再次回頭，果然隔壁鄰居又開了一條門縫偷覷著。等我們到了一樓，往上再看，那個男人正趴在女兒牆邊，看著我。

他真的很詭異，他和王仕谷的交情，曾經到底多要好？

還是……靜書來找林美花時，遇到了這個人，他對她做了什麼嗎？又或者是說了什麼？我沒辦法停止懷疑，因為我就是無法相信，仍然和我相愛的靜書，會有什麼不得已的原因，一定要離開我。

※

我萬萬沒想到，林美花竟然帶我來男裝店購物，她輕車熟路地帶我到她熟悉的店家，不停地拿衣服對著我的身板比了又比，最後買了好幾套衣服，接著又帶我去了男鞋店，購買了一雙我這輩子都買不起的皮鞋。

「林阿姨，您這是做什麼？」

「你不是要贖罪？那就閉上嘴，不要再多說半句話。」

我忽然懂了。

她前面都說好幾年沒人陪她吃飯，那眼下，肯定也是在懷念著幫兒子買衣服的時光吧。仔細想想，逛街這件事可能更久都沒做了，她的兒子自從愛上了那個女孩，後來都不回家了，母子關係降到冰點，不知道後來怎麼樣了。

從大學畢業到車禍過世，至少還過了幾年的時間，而林美花像失憶似的，總是跳過不說，話題永遠在大學畢業以前。

我像個木偶任她擺佈，逛街時忍不住四處張望，期待著靜書會不會又像上次那樣打給我。

「這件好看嗎？」林美花買了一件款式相當年輕的白色碎花連衣裙。

「呃、好看！」

「買給妳的女朋友吧，一定很適合她。」

我語塞。

我無法揣測她是在諷刺我，還是認真地陷在回憶中。

「您不是討厭她嗎？」我指的當然是她口中那個搶走她兒子的女孩。

她微微一愣，若有所思地看了我一眼，我怕被她責罵，說我說了不必要的話，她卻說：「我從沒討厭過她，一次都沒有。」

我忽然覺得心很澀，這些話她更想當面告訴王仕谷吧，這樣他們的母子關係就不會惡化了，她如果早點化解的話……不對，我在想什麼，也許他們後來已經分手。

「你一定以為我兒子是個為愛成痴的人吧。」歸途，她忽然說道。我倆在公車上各坐一邊的雙人位，因為車上的人少，她與我保持距離，換了位子，但說話的音量還是聽得到。

「我沒這麼想。」

「少假了。我一直不能明白他對那女的，到底是因為太愛了，還是……他只是從她的身上，在尋找愛的形狀。」

「終究還是怪我吧，我沒有給他正確的愛，才讓他對愛那麼地執著。我不知道你發現了沒？我對於控制情緒有點失衡，你今天看到的我，應該很奇怪吧？」

何止奇怪，根本就是反常了！

「我偶爾才能這樣，大多數時，一點點事情都能讓我大喜大悲。仕谷就是看著這樣的我長大的，奇怪的是，他卻異常冷靜，天大的事都無法動搖他，永遠掛著一抹笑，好像永遠都不會受傷一樣。我知道他是為了我。」

她轉頭看了我一眼。「你跟他很像呢，都為了母親很辛苦。」

我的眼眶忽然一陣酸，我是作夢都沒想到，有天林美花不但對我很親切，還會對我說這些話。我真的可以接受她的親切嗎？我有那個資格嗎？

「不像的，我怎麼能和您的兒子相提並論，我沒資格。」

「哈，你當然沒資格，我也就說說。」她諷刺一笑。

忽然，我倆的手機幾乎是同時出現了許多的通知聲！尤其是林美花的手機，像要炸開來似的叮叮叮地響。

此時恰恰打來了，她根本沒有主動打電話給我過，都是阿軒手機沒電借用我的電話打給她的。我忽然有種預感，不，我的腦海已經大概知道是什麼事了。

「喂？」

「喂！阿軒要我告訴你，無論如何先別回家，你等等下班就直接來我們家，他現在溜去你家拿換洗了。」

「果然嗎？」

「你已經知道什麼事了？那就晚點見面說吧，我也不方便和你說什麼。」

我掛上了電話，再轉頭，林美花已經變成如魔鬼一般的神情，死死地、瞪著我。

已經被公開了吧，那個影片。

不知道為什麼，我的心情特別坦然，我明明那麼害怕，但真的到了這種時候，卻如釋負重。心境寬闊得像身在一片彼岸花海，紅色的花瓣四處漂蕩，就像那一晚，王仕谷的血也朝馬路四濺。

我按了下車鈴，到站，下車。氣氛為之凝結，眼前的人似乎要用很大的力氣，才能控制住自己的心神不崩潰。

她的胸口用力起伏，眼睛通紅得像羅剎，她先是跨出了一步，最後再也無法忍耐地撲向我，使勁掐住我的脖子！她為我添置的新衣新鞋散落一地，乘載了母愛的東西，終究不屬於我，不該屬於我。

她發出了幾乎讓耳膜刺痛的聲音，表情悲慟地猶如那日她在警局的哭喊，甚至超越那一天。

「你這個畜牲！王八蛋！你豬狗不如！我要殺了你！」

這樣才對嘛。

對我太親切是不可以的喔，那樣是不對的。

應該要對我這種垃圾又打又罵才對，這才是我應該受到的對待，因為我不配為人，不配活著，更不配得到任何人的愛。

我怎麼會忘了？還好我想起來了。

我居然痴心妄想地認為，我可以得到愛，謝謝那個發出影片的人，讓我能想起來。

雖然對不起靜書，無法好好地告訴她：「如果有天妳消失了，我會尋找妳、等妳。」不能再傳達這些話給她了，不再有資格了，但我相信，她能再找到下一個會給她幸福的人。

所以，就讓我回到原本該待著的地方吧。

那個地方是，我的地獄。

誰的祕密

黑暗中，手機不斷地發出各種通知，即使如此，仍不影響我看那個造成轟動瘋傳的影片。關於我的影片。

我以為影片會直接以監視器的畫面直接播出，沒想到是一則VTuber短片，短片的建模是一隻狐狸，聲音聽起來像個正在變聲期的少年。

「大家好我是小狐，今天是小狐找真相第一集！首先我們先來聽個故事，這個事發生在很久很久以前，哎呀不是童話故事啦，是發生在十一年前的故事，而且……還是個沒人知道的祕密唷。首先我們先來回憶當年的新聞片段，嗯嗯、很殘忍耶，好好的一個孝子居然就被酒駕者撞死了，好可怕、好可怕，和最近可憐的霍恆瑞一樣，大好的人生都被酒駕者撞沒了。」

「把人撞死，後來那個人又如何了呢？那個人啊關了兩年就被放出來了，畢竟那個時候還沒有修法嘛。人家現在可厲害了，做起萬事屋，賺得可多了！這邊提供他接工作的頁面，大家有空可以去多多捧場唷。」

「那麼，小狐這次要找的真相是什麼呢？這個啊，也是因為霍恆瑞之死我才想起來的，我剛好手上有那麼一個影片，影片和霍案非常非常的相似，但結果卻是大大不同，我可不是要同情那個曾姓肇事者喔，我只是覺得，做了一樣的事，一個可能要被判到最高刑罰，一個卻能安然度日，太不公平了嘛！所以，我決定讓大家看看真相——」

經過故弄玄虛的鋪成，再加上不停地提到張琳的兒子，這個影片如今短短不到一天，已經衝了三十幾萬的點閱率，也難怪，我的工作用電話被打爆，我的信箱和臉書也一直被騷擾。

起身拉開窗簾，陽光立即刺痛了我的眼睛。心情好似回到了剛出獄的那段日子。那時我不太習慣喧囂的街道，走在人群之中，總覺得有很多視線在看著我，或者誰的竊竊私語在討論我，所以總低著頭走路，不敢觸碰到任何人的視線。

手機依然持續性地發出震動，打來的都是不認識的電話號碼，又或者是社群軟體的各種通知。阿軒叫我不要點開來看，但我每隔幾小時還是會看一看，看看那些人罵我的字句，心情反而會得到平靜。

輪值下午班的恰恰起來了。「阿臣，阿軒要我問你，有個叫做陳志弘的大叔想找你，他說……他是散佈影片的人的爸爸，你要見嗎？」

「他是怎麼找上阿軒的？」

「阿軒他剛剛趁著午休時間去你住處那裡看看狀況啊，怎知就看到一個大叔在那徘徊，重點那個笨蛋說，大叔看起來很和善，才會去找他攀談，真受不了耶。」

「很像阿軒的作風啊。既然他都說看起來很和善了，那就見一見吧。」

「我把電話寫在這兒了，你再自己聯絡吧。」

「謝謝。恰恰……這幾天，真的很謝謝你們。」

恰恰嘴角微彎。「我相信我家笨蛋看人的眼光，他的兄弟，就是我的兄弟。」

啊啊、他們真的很相配呢。阿軒也算是找到人生伴侶了，多好，多難能可貴。

※

我按照地址找了很久，才從這排老房子的中間，找到陳志弘要我來的咖啡館。這間咖啡館的外表就和尋常的住家沒兩樣，如果不是有扇小窗，可以窺見咖啡館的主人，正在煮咖啡，我真的會以為自己找錯地址了。

拉開木門，裡頭的燈光有些昏暗，每個位子旁都有盞檯燈，給人一種雖然是開放空間，又很隱蔽的感覺。

「我要找陳先生。」我依約詢問老闆。

「啊！沒問題，請跟我來。」

老闆隨即領著我走到後方的空間，原來除了前方的開放座位，店家的後面則是半開放的空間，那裡已經有一名大叔在等待。

「您好！」一見到我，陳志弘就率先禮貌地打招呼。

「啊！您好！」

點完咖啡後，老闆就把隱私留給我們，為了方便話題不被中斷，我們直到咖啡上桌，才開始談話。

「溫先生，犬子彥儒給您添了這麼大的麻煩，真的非常抱歉！」

「不……這怎麼會是添麻煩呢？他只是公開了事實而已。」

陳志弘欲言又止，看起來雖然是個中年大叔了，但目光卻相當清澈，不像個經歷滄桑的人，就連親切的表情，都不像是裝的。

「您如果不介意，能聽我說個故事嗎？這其實……也算是我隱藏了多年的祕密。」

「請說。」

陳志弘娓娓道來，時間回到，他發現了這個行車記錄器的錄像的那一天。因為車禍當時報得很大，他原本想著，不知道自己的行車記錄器對車禍案有沒有幫助。

可是在他看到那驚人的錄像後，嚇得差點說不出話。他說，他看第一遍時，當天晚上就做惡夢了，覺得這個世上怎麼會有人這麼殘忍，根本就是殺人兇手！

「溫先生，您千萬不要覺得不舒服，我雖然看第一遍時，覺得後怕，但冷靜一晚，我決定再看一遍，再決定要不要交給警方。我用了放大和調亮的技術，特意將您當時，在車上的畫面拉了出來。哎呀，您別看我這老傢伙一把年紀，我會的東西可多呢，其實我考了很多證照，但都沒有用武之地。我聽說，您現在的工作也是考了許多證照吧，您的朋友都告訴我了，還好我當年沒有做錯決定。」

「為什麼要為了不相干的人，做那種努力呢？」

「您或許是這樣覺得，但上天讓我的行車記錄器錄到這些，就一定有祂的道理。我認為，沒有人願意在那種狀況下，還要特地再倒車把人碾死，我想看看您當時的表情，再決定。結果我看到的是，**您是哭著倒車的啊！**」

我……哭了嗎？

原來我那個時候，哭了？

我完全沒有這部分的記憶，我腦海中的自己，明明是殘酷又冷漠地倒車，應該是那樣的啊……

陳志弘把他的手機拿出來，放了他修改過的影片，果然那天晚上的我，確實是滿臉鼻涕眼淚地倒車的！

真是不敢相信，人的記憶原來是可以修改的。

「您這麼悲痛的表情，怎麼可能是可怕的殺人魔呢？一定是有苦衷的，一定內心從此再也無法平靜了，您已經一生都要受這種煎熬活下去，我又何必再讓您的人生更加辛苦呢？」

我不知道該說什麼才好，對待我這個素未謀面的人，為什麼他能這麼善良？偽善？不……我從他身上看不到半點虛假。

「我是個失敗者。一個活了大半輩子，卻無法把人生活得很好的失敗者。無法當好一個員工、丈夫、父親，什麼都一塌塗地……人的一生要走到盡頭，要擔當的角色太多了，我曾經試圖當好每一個位子，但最後只是覺得，原本的自己正在漸漸消失。如果要為了工作、升遷妥協，就必須要昧著良心，剷除擋在前方的人，或是用盡心機搶別人的案子；如果要當好一個丈夫，就得先在工作上有點成就，拿到不錯的薪水回家，讓老婆可以衣食無憂，在鄰居爛和其他家長的面前看起來體面；如果要當好一個父親，那就得樹立好該有的威嚴，不能隨便露出軟弱的姿態。真累啊，不是嗎？」

他啜飲一口咖啡。「那些變化就和咖啡一樣，每種溫度，都該展現不同的風味，如果一種豆子，不管是剛煮好、冷卻一半，或直到完全放冷的味道都一樣，只會被人嫌棄煮功不好、豆子烘焙得不好，那才是我們的本質，不是嗎？溫先生，您覺得我的本質如何？」

「善良。」

「不，我不善良。我的腦袋啊，每天都有許多性幻想出現，當然我永遠只敢想，這輩子從來沒有買春過。我收藏了很多片子，每每都得趁兒子睡著時才敢看，雖然看這種東西沒什麼大不了的，但到了我這裡，就顯得窩囊吧。所以我的本質就是窩囊，我並不引以為恥，我接受我的樣子。」

「接受……」我跟著默念，陳志弘這個人很神奇，他貌似說著無關緊要的事，話語卻有種魔力，忍不住聽了下去。

「而我看到溫先生您的本質才是善良。」

「我？」

「嗯，今天終於見到本人一面，我就更加確信了。」

「您別說笑了，現在全台灣的人都在唾棄我。」

「犬子造成的麻煩，我除了道歉，不知道還能怎麼彌補您。」

「不，您別再道歉了。」

他嘆了口氣。「我沒有恭維，我一直保存著您的錄像是有原因的。事實上，我這幾年都有持續地在追蹤您的消息，您的觀護人也看過這個錄像，就是他向我保證，您一定會重新做人，並且持續向我報告您的近況，希望我不要把錄像交給媒體。其實我本來就沒那個想法，多虧了他，我才能沒有做出錯誤的決定。」

我想起了寶叔，他做為我的觀護人，這十一年來逢年過節，都會給予關心，是個非常好的人，原來他也看過這段影片了，卻還是對我這麼好，我突然一陣鼻酸，像這種人，為什麼還能收到別人的善意呢？

「我很擔心您會想不開。」陳志弘正了神色。「擔心您會一蹶不振，才會想告訴您這些，也想讓您知道，我並不是故意不刪除錄像，我一直沒刪，不是想著哪天要來威脅您，而是……那至少也是一個靈魂死亡的瞬間，如果把它刪除了，就好像把一個活生生的人刪除了一樣，我並不想這麼做。」

「原來……是這樣。」還一直說自己窩囊，真正善良的人，是他才對。

「磨難，終會有結束的一天。我會讓犬子盡快讓這個事情落幕，也請您這陣子辛苦一下了。」

我想說點什麼，但他卻拍拍我的肩，先行離去。

真是個奇妙的人，原本陰鬱的心情，和他談話一番，好像就不沉重了。明明我還身在暴風圈的中心，心中的重擔，似乎被人一起扛起來了，就是那麼奇妙。

「抓、到、了！」一個聲音從我背後出現，轉頭就看見一個男孩舉著手機錄影，笑得相當燦爛。

「我就知道跟著我那沒用的老爸，肯定可以跟到什麼東西！以他那偽善的個性，是不可能不找上你的！哈哈哈哈！爽啦！」

我愣愣看著眼前這個，看起來就像個乖乖唸書的孩子一樣的男孩，臉上掛著不適合的扭曲表情，還在變聲期的聲音，試圖裝成大人嚇唬人。

我倒退了幾步，想著是不是不要起衝突，直接跑走比較好。

「我勸你最好打消逃跑的念頭喔！我現在隨時能從限動轉成直播，刺激吧？」

「你是陳先生的兒子吧？」

「是又怎樣？」

「叫什麼名字呢？」

「哇！好可怕喔！殺人犯問我名字耶，我會不會被你找上門殺掉啊？如果是那樣就更刺激了呢！我叫做陳彥儒，隨時等你！」

他拉了椅子一坐。「現在，換你聽聽我的要求吧？」

我重新坐下，同樣的位置，坐著的人卻天差地遠，這個人真的是陳志弘的兒子嗎？

※

「開始吧！展現你的誠意。」陳彥儒把腳放在桌上，喝了一半的咖啡，因桌面晃動而灑了一些出來。

「誠意？如果你是要錢，我可能……」話還沒說完，我感到頭一陣濕潤，他把剩下的咖啡，從我的頭上倒下來。

「你真的誤會大了，我是要你展現求我的誠意。」

「求你什麼？我……沒有隱瞞的事了。」我用紙巾把臉擦乾，好在今天是穿黑色的衣服，不然回去被阿軒看到了，肯定會擔心。

「哈哈哈哈！是嗎？你確定？比如你的藏身之處呢？我他媽就從現在一直跟著你、直播你的動態，你覺得大家會如何？哎呀！你可能得先去買個安全帽了，這樣才不會被人砸雞蛋砸到腦震盪！哈哈哈哈！」他的笑聲充斥在整間店，有不少客人一直往這邊望，他似乎一點都不在意，看起來很享受這種發號施令的快感。

我沉默下來，面對他這種冷嘲熱諷的欺凌，我在獄中已經嚐過了，不過比起來，我受到的欺負，還是比強姦犯少了很多。我不禁再次把男孩的父親，和他比較，我實在不信有那樣的爸爸，兒子的個性會差到哪去。

陳彥儒用力拍了我的臉。「老子在跟你說話，你有沒有聽到啊？」

我一直盯著他看，無論是他打我、罵我，他的眼神只是愈來愈憤怒、煩躁，好像在他內心，有其他的東西在蠢蠢欲動。

「你喜歡你爸爸嗎？」

「你是不是真的以為我不敢開直播？」

「你知道你爸爸是來替你道歉的嗎？」

「好啊！我現在就開！馬上開！」

「你其實很喜歡你爸爸吧。」

這句話成功地觸怒了他，他一把抓住我的頭髮。「不要以為你是個殺人犯，我就不敢揍你！」

「我是殺人犯，那你又是什麼？你拍了那個影片賺到錢了？有比較受歡迎嗎？」

砰！

我承受了他重重的一拳，椅子整個往後仰摔倒在地，這聲巨響也引來了咖啡館老闆制止。「請你離開。」

「對不起、我……」我趕忙道歉。
「不是您，是那位學生，請你離開，否則我要通報你們學校了。」
「靠！恁爸在外面等你！」
我有點慚愧，都多大的人了，還像這樣被一個學生欺負，可看著陳彥儒那樣像頭野獸地吼叫，我就是沒辦法還手——因為，他的笑容很醜，像在哭一樣。
他對我說的那些話，都像在模仿誰，連出拳打我，都充滿猶豫，所以才打偏了，並沒有打得很用力。
我多付了一點清潔費給老闆，那已經是我錢包裡所有的錢了。
陳彥儒依然吊二啷當地站在外頭。「走啊，你不是要回藏身處？快點去，我只要知道地點就好。」
「毀了我的人生，你的人生就會變好嗎？」
「幹麼？想學我爸說教？我要是聽得進去，現在也不會在這裡。」
「嗯，也是。」
「你要去哪裡？」
「你不是都會跟著我嗎？何必問？怕我去偏僻的地方把你殺了？」
剛剛盛氣凌人的男孩，聽我這麼說，明顯地卻步了一下。終歸是個小孩，無論他有多虛張聲勢。

「你有過夢想嗎？」

「幹麼？說教不成，現在想跟我聊夢想？你以為我是太閒，才跟著你？」

「不、就是好奇，因為我從來沒有過夢想，也沒資格去想這個問題。」

「殺了人當然沒資格。」

「我是指在殺人之前也沒有。」

這下換他沉默了，原本一直舉著手機的手，也緩緩放下來，似乎正在思索我的提問。

我盡量都走小條的路，害怕有人認出我，再看到他和我走在一起，那就糟糕了。

「我想要賺很多很多錢。」

「那個不是夢，我也曾經是那樣想，但那種東西太空虛了。你現在拍那個影片，之後應該會拿到不少錢，夢想已經實現了，不是嗎？」

「嗯、對啊。那我沒有夢想了。」

「真的沒有？」

他抿緊嘴脣，防備地不想說。

「我的人生啊，不用你毀，本來就一團糟了，可你似乎還是想看我求饒的樣子

——難道是因為，你在學校也常這樣？」我沒有明說是怎樣，但他的反應讓我知道，我猜中了。

「你現在看到他們，還會害怕嗎？會吧？因為那些記憶……」

「閉嘴啦！幹！」他忽然用力地把我推到路中央，小小的巷子，正巧迎來一台騎得頗快的機車！

喀機——！

機車因為緊急煞車的關係傾斜，最後橫摔出去，而我則一點事都沒有。我立刻憤怒起身，抓住陳彥儒的衣領吼道：「你差點就毀了另一個人的人生了！你知不知道自己在幹什麼！」

「我……我……」

「他如果真的把我撞傷了，錯的不是把我推倒的你，也不是突然跑到路中央的我，是他！那個乖乖遵行交通行駛在路上的無辜的人！」

一旁的機車騎士，已經默默拿下全罩安全帽，他似乎被我的憤怒嚇到了，不知所措地坐在地上看著。

「道歉！去跟他道歉！」

我不知道我的表情是不是很恐怖，所有路過的人都停下來在看我們，還有人拿起手機在錄影，就是沒半個人去關心坐在地上的騎士。

「對、對不……」他的臉色愈來愈難看，嘴脣有點泛白，雙手也在顫抖。「我沒錯啊！我又沒錯！就算撞到的人很倒霉，那我呢？我就不倒霉嗎！」

他的樣子看起來不對，那滿懷罪惡感的表情，我見過。

我在鏡子裡見過。

「你倒霉什麼？」

「我……干你屁事！」他大吼一聲，飛也似地逃走，就好像背後有什麼東西在追他，那恐懼的樣子，和稍早前對我威脅的樣子，完全不同。

騎士忽然叫住我。「先生，那個……謝謝你。」

「謝我什麼？」

「我也不知道為什麼，突然就是想說謝謝。前年我的朋友在下雨天騎車，有對母女違規橫越雙黃線的馬路，我朋友因雨天視線不佳、來不及應就撞上她們了，到現在，她還在為了還罰款而努力。」

「這樣啊……」

「但是，我並沒有認為你倒車的行為是對的。你就是最近那個影片的人吧？我不覺得，那是對的。」

我啞口無言，只能承受著別人的批評，連要怎麼辯駁都不知道，因為他們罵得很對，任何一個有良知的人，都不會做這樣的事。

站在馬路邊，仰頭看著電視牆上剛報完關於我的新聞，接著畫面是撞死張琳兒子的肇事者的新聞。畫面中，媒體連曾景煜的兩名身障小孩都不放過，看著被麥克風逼到無路可退的兩名女孩，她倆一個支支吾吾，一個拖著不方便走路的右腿，哭喊著要大家別拍了。這樣的畫面非但沒有引起媒體同情，甚至還有人發問：「妳爸爸撞死別人家健康的小孩，妳會不會愧疚？」這個問題極其惡毒，記者刻意強調了「健康」兩字，好似死掉的應該是有瑕疵的她們才是。

看不下去了。

原來看著別人和自己一樣在經歷這些，並不會比較好受，反而愈看愈痛苦。

「明明有人目擊是那個學生自己衝出來的，為什麼你們都要這樣罵我爸！為什麼不是罵那個衝出來死掉的人！」女孩撕聲大吼，這麼一句聽起來特別自私的話，就是媒體們想要的。

但，我懂她。我真的懂。

明明是綠燈，卻被奪走了人生。

明明媽媽可以不用那麼快過世的，明明還可以再和她吃一次年夜飯，但……都被奪走了。

「被奪走了，都被奪走了……連靜書也……」

回神，我竟然在林美花家門外，愣愣地看著門縫中透著光，依然提不起勇氣按門鈴。我也不懂自己，什麼都做不了，還跑來這裡是為什麼。

此時正好有熊貓外送來到隔壁按門鈴，一開門，我又和那名男人對上了眼。

這一次，男人並沒有馬上關門，他盯著我看了很久才說：「要不要進來聊聊？」

聊聊？聊什麼？為什麼要殺了他的朋友？還是……

「我想了很久，有件事，你應該有資格知道才對。」

難道，他真的和靜書有過什麼聯繫？

他的祕密

我是個窩囊廢。

我想很少有人會這麼爽快地承認自己是窩囊廢，尤其很多家裡蹲的人，最討厭聽到別人這樣說他。他們通常會辯解：「你們這些人生勝利組懂什麼啊？你們做什麼都很容易成功，怎麼可能會明白我們這種事事不順的人的痛苦？」是了，他們一定會這樣說，我有幾個長期陪我一起打遊戲的網友，他們就是這樣在抱怨這個世界的。

可是，我可以很爽快地承認我就是個窩囊廢，一個膽小無用、走不出自己設下的心門的窩囊廢。

而且，我還是個有罪的廢物，我的行為就算要被判處三個死刑都不為過，但可惜的是，台灣現在已經不怎麼執行死刑了，我一輩子都沒有贖罪的機會了。

我一直躲在家裡的原因，不是因為害怕外面的世界，我都做過那些事了，外面的世界有什麼好怕。我是怕我自己太習慣正常的生活，然後就把自己當成一個正常人了。

我怎麼有資格正常呢？

別人或許不知道，但阿谷是知道的，我不可以過正常生活，絕對不可以。

就算現在阿谷已經不在了，我也不會做讓他不開心的事。

說起阿谷，在發生那些事之前，我們還是有過許多快樂的童年的。小時候的他幫我抓過蝴蝶、獨角仙。他很聰明，懂得用樹液還是一些特殊的方法吸引昆蟲，就這樣在不傷害昆蟲的情況下，輕鬆捕抓。

我老是問他怎麼知道的，他都會說：「阿君，書能讓你變得很強、很厲害，有什麼不懂的、想知道的，看書就對了。」

一個才8、9歲的小孩，這麼熱愛讀書真的很怪吧。但他在我眼裡就像個神人，是我一生崇拜的神！如果有天阿谷說要去征服世界，他一定也能做到！

沒錯，他就是那種說要做什麼，就一定會完成目標的人，從來沒有一次失敗過，包括他那年對我設下的枷鎖，我確實想脫也脫不掉。

如果有人問我，我恨他嗎？其實我自己也說不上來，這個問題的答案，太飄渺了，我經常做惡夢，夢見他。也經常想著他就哭了。

就是因為這樣，我才會在看到那個奪走阿谷性命的人出現，特別激動。

我對那個人的情緒，就跟那個恨不恨的問題一樣模糊。

我很好奇那樣的肇事者，是用什麼心態來找王媽媽的。王媽媽那麼愛阿谷，失去他，讓她幾近崩潰。有幾年時間，她除了外出買齊一星期份的菜，她根本不出門。隔著一道隔音不好的牆，可以聽到她在家，不看電視也不打給朋友說話，她或許在等待生命慢慢消逝，這樣她就能快點和最愛的兒子重逢。

但是又偶爾，她會發出像野獸一樣的吼叫聲，這個吼叫聲對我來說有點熟悉，我才知道人類只要崩潰，發出的聲音都差不多，無關害怕委屈那些各樣的負面情緒，只要是崩潰，大家都一樣的。

那個肇事者來找她的頻率真的很高，更不可思議的是，王媽媽竟然愈來愈接受他的來訪，我甚至還看見他們一起出門準備上街的樣子，那畫面不說的話，還真會以為，他們是一對母子要出門購物。

所以啊，我才說「習慣」很可怕。它會讓一個本來拚命掙扎的人，漸漸忘了原先掙扎的原因，讓一個不情願的人，漸漸不再覺得那些事不好。「日常」就像慢性毒藥，日復一日的規律，會讓我們迷失在二十四小時的流逝中，最後，已經想不起初衷，或是想起來了，也無動於衷。

阿谷有教我一套不會習慣日常的方法。他真的是我見過最聰明的人，也是我看過，最執著的人。

我本來真的很想見見那個肇事者，想和他聊聊，或者聊聊阿谷。但那個小狐的影片，是壓垮我的最後一根稻草！原來阿谷……原來他是被人殺死的！不是意外，是徹底被人為殺死！

這件事讓我震驚了整晚都沒睡，用盡所能地想要找到肇事者的聯絡方式，卻徒勞無功。可見不是每個家裡蹲的人，都有辦法把駭客技術練到如火純青，就連我的那些個網友，他們也沒辦法。

看到這種影片，王媽媽肯定不會罷休，而且那他們還那麼快樂地一起出門，中途看到後，王媽媽不知道有沒有當場殺了他。好在下午王媽媽就獨自回來了。

我從貓眼看到，王媽媽的表情，比以前更崩潰。就好像已經一無所有了，本來所剩的最後光芒，也被奪走了一樣。

我有點擔心，可能再也見不到肇事者也說不定。後悔的情緒翻攪，害我失眠了兩晚，翻來覆去就是睡不著。

為什麼我會後悔呢？我難道……真的想告訴那個人那些事嗎？為什麼？我為什麼要說？這些事只要我不說，就不會有第二個人知道了。

不、還有王媽媽啊。

她是知道的，不是嗎？

我試著用文字書寫，想要揣摩王媽媽的心情，這個習慣已經維持很久了，只要有不理解的時候，我就會用半虛擬的方式，把自己想成對方，寫一些偽日記。這種方法很有用，之前我想不透阿谷的時候，我也是靠這招豁然開朗。

寫了兩個多小時，我終於明白王媽媽的心情了，她肯定也和我一樣，處在模糊的階段，不知該不該高興，也不知該不該憤怒。

那肇事者呢？他想從王媽媽身上得到什麼？原諒？太虛偽。贖罪？他已經在贖了。

或許，一切都只有和他聊過，我才能想像。

如今他真的又出現了，先不說他怎麼有勇氣再來找王媽媽，但現在不是他們見面的好時機，直到昨晚，我都還聽見隔壁傳來摔東西的聲音。他現在按電鈴的話，也只是被趕出去而已，搞不好還會被失手殺死。

他戰戰競競地坐在我對面，倒給他的水，一口未喝，卻也沒有用不禮貌的方式隨便亂看，只是低著頭，等著我說句開場白。

阿谷說過，第一印象不全然是假象，有很多細節藏在第一次見面當中，有的人是個好人呢。

一緊張就眼神亂飄、不自覺地抖腳，再不然是手指不安地把玩著衛生紙之類，從這些觀察中，可以做個大致判斷，他每次都說得很準，我的機率則只有一半。

我姑且相信他是個好人吧。

雖然好人這個名詞，和他的所做所為有很大的差距，但像我這種人，好像沒有資格批評他。

「你好，我叫做周秉君。」

「你好，我叫做溫奎臣。」

「我知道，你的名字現在很紅。」我咧嘴一笑，但他好像誤以為我在嘲諷他，我有點懊惱地搔搔頭。太久沒跟真人面對面聊天，讓我很不習慣。就連我媽，我們都已經好幾年不說話了，她總是安靜為我準備晚餐，其他時間完全把我當空氣。

「你剛剛說我有資格知道，請問是知道什麼、又為什麼認為我有資格呢？」

「你當然有資格啦，你是把阿谷殺死的人嘛。當然有資格知道他的過去。」算了，我已經放棄修飾我的用詞了，反正可以好好說話就行。

他忽然站起身，對我行了個禮。「萬分感激！可是我已經沒有錢……」

「喂，我看起來就是個家裡蹲，還會需要威脅你拿錢？我老媽可從來沒餓到我過喔！」

「冒犯了。」

「不會、不會，你懂就好。那麼，我得先問你，你最近那麼常來找王媽媽是何意？」

「我希望能了解王仕谷，想知道他是個什麼樣的人，想……罷了，就是這樣。」

他看起來自信心低到極點，又或者他是出於愧疚，總之到現在他沒正眼看過我一次。

「那很好啊，你今天大豐收了！你可以從我這裡真正地，認識王仕谷。」

他的眼睛一下子好似閃著光采，隨即又像因為絕望過度，而變得更灰暗了，我無法分辨他的情緒。

「……為什麼？你那麼了解的鄰居、朋友，被我那樣殘忍地奪走了，你為什麼要一副興致勃勃的樣子，說要告訴我一些事？我不知道該怎麼說，但我不想聽，因為你完全不像他的朋友，我不想和人一起毀謗死者，尤其是被我撞死的死者。」

他說完這些就要走了，我很焦急，不知道該怎麼留住他，最後情急之下，我用煙灰缸往他的腦勺一敲！他轉頭看了我一眼，摸摸頭上的血，接著倒地不起。

我愣愣地看著煙灰缸，再看看他，想起了很多過往。

「人啊，真是個把『習慣』貫徹得很徹底的物種呢。真可怕、真可怕……」

我把他拖到雜亂的房間，為了怕他醒來慌張掙扎，只好把他的手腳綁起來，嘴巴裡也塞了布。我熟練地替他的傷口包紮，剛剛的力道雖然看起來恐怖，但不足以讓他腦震盪到有什麼影響。

一切，只要等他醒來就好。

我就能好好地傾訴藏在這心中多年的，祕密了。

※

為了等溫奎臣醒來，我連遊戲都不上線了，群組的網友不知道標記了我多少次，最後因為太吵，我乾脆把手機關機。後來發現，他的手機也頻頻發出震動，所以我也幫他關機了。這樣接下來，我們會有非常私密的談話時間，只屬於我們。

算算過了五個多小時，他差不多要醒了。我貼心地熱一碗媽媽煮的排骨湯，還備了一杯水，沒人像我這樣，這麼懂待客之道了。

果不其然，在我備妥一切，他緩緩睜開眼睛，在意識慢慢清楚後，他先是激動地掙扎，發出悶吼聲。

「噓……我媽明天還要上班，你可以不要吵醒她嗎？你都不知道，我媽要把我養到這麼大有多辛苦，清潔工的工作，她已經愈做愈吃力，我看她請假的次數也愈來愈多了。唉！她要是倒下了、兩腿一伸也好，但如果半死不活，我們家哪有錢給她看病？那我到時要吃什麼？罷了，我想你也不是來聽我說這些的，對吧？」

他不再掙扎了，從他的眼神可以看出，待我等等一拔掉布，他一定會大吼大叫。

「你能答應我嗎？好好地、安靜地聽我說話，這樣你就可以享用湯和水，不是很棒嗎？」

他還是不肯點頭。

「隨便吧，那就這樣聽好了，虧我還那麼費心對待你。我媽煮的湯都要被你浪費了！什麼啊？你現在看我的眼神，就好像在說，我根本沒資格講浪費，我才是浪費我媽人生的人？是嗎？哈！阿谷說得沒錯，這世上的人都一樣，只要不是自己或家人，看其他人，永遠只看表面。」

他的表情微微一怔，忽然扭動了一下手腕，眼神似乎答應了我的要求。我半信半疑，拿下他口中的布。

「好，我聽你說。」

「真的？你別再突然逃走了喔，不然啊……再打一下，你可能會死耶。」

「我死都不怕了，還會怕你什麼？」

「講得那麼英勇，剛剛還不是要逃走……」我碎念了一句，這才解開他手腳的繩子。

「先喝湯吧，不要浪費，我家的食物很珍貴。」

他捧起碗喝了一口，最後像是開啟了胃口似的，連排骨都啃得乾乾淨淨，一滴不剩地喝完了。果然在孝順這方面，他和我很容易有共鳴。

「阿谷他啊，可以算我的人生導師，各種層面的導師。我對他是又敬又畏。」

思緒，隨著終於有聽眾，很快變飄回多年前，那時的我們還是個單純的孩子。

不……這樣講有點錯誤，至少那時整天霸凌我的學長們，一點都不單純，甚至還是我看過最邪惡的人，他們的邪惡太純粹了。

而阿谷，在「那一次」為了出手幫我，就遭到毒手的關係，後來整個人性情大變。不……我用詞有誤了，或許那才是他本來的樣子。他開始努力鑽研心理學，一個國中生讀大學的選修書，真的驚人。而且他自學得相當成功，利用心理學，他很快掌握周遭人心，並漸漸建立起威望，那些學長後來也畢業了，阿谷就順勢選上了學生會長。

之前明明還像個邊緣人的他，一舉成為風雲人物，還追到了全校最美的校花，李語舒。

這些，都是聽阿谷告訴我的。

因為從那件事之後，阿谷要我最好用一生來贖罪，要永遠永遠記得他為了我這個朋友，身心靈受到多大的傷害。我沒有再出門過，這是我對自己的懲罰。當然其實也是因為害怕，如果出了家門、去了學校，會不會再遇到那些學長。

別人或許覺得，不過就是一陣子被人欺凌罷了，有這麼玻璃心嗎？會說這些話的人，肯定不知道「恐懼」的模樣吧。那種東西很可怕，它會讓人變得軟弱，就像大象怕老鼠一樣不可思議，就像人類會怕蟑螂一樣可笑。那種東西深植內心後，再也移除不掉。

因為我不出門，導致我爸媽都離婚了，可是只有我媽，她從來沒有勉強過我，她會刻意繞過很多敏感的話題，就這樣默默支持我到現在。我很感謝她，是她讓我能好好贖罪。

我不再去學校後，早期都是阿谷看什麼書，我就看什麼。他從圖書館借回來的書五花八門，涉及各種領域，從心理學到醫學，好像巴不得把所有厲害的知識都學會一樣。

我當然沒有辦法像他那樣融會貫通，很多書我看著看著就睡著了，他偶爾會給我講解，因此我多少還是有學點皮毛。後來他發現，我特別喜歡看小說，所以他就改借許多名著給我看，像是《白鯨記》、《麥田捕手》等，叫得出來的我都看過，後來連福爾摩斯系列都看了呢！他對我，真的很好。

他最常說的是。「你別把我想得太好，我這是在探監，你得用一輩子來還我，直到我說你可以出門為止。」

他每次這樣說，表情都很悲傷，我想那段經歷對他的打擊真的很大，如果沒有我，他現在肯定過得更快樂。

他高中畢業後，人生也愈來愈順利了，那位校花竟然一直沒和他分手！我可不是在嫉妒阿谷喔，是因為我覺得，校花看起來好像沒有很愛他，可能是她太漂亮了，我覺得美女都不值得相信。

而且他們交往那麼久，看起來也沒有比較親密，一直有種我說不出來的距離感。

直到他們大二時，發生了一件事，我才知道，校花很愛阿谷。

那就是王媽媽竟然跑去校花的學校鬧，說校花教唆阿谷不回家、不孝順母親，是個表裡不一的女人。結果校花啊，她不但沒有狡辯，還爽快地承認了。

她說：「我只是心疼我的男朋友，如果妳要這樣想，我也沒辦法。」

王媽媽氣炸了，覺得這個女孩很沒家教，當然這件事阿谷知道後，跟王媽媽的關係又更加地不好，他不懂為什麼王媽媽要這樣去騷擾校花。

大三的某天，阿谷神祕兮兮地來找我。

「阿君，我想對你許個願。」

「啊？對我？我又不是神。」

「你聽我說就對了，如果、如果今晚語舒答應我的求婚的話，你就來當我的見證人吧！從今以後，你也去好好過你的人生，因為我已經不再痛苦了！」

我永遠記得，那一天我有多激動。我激動不是因為他要結婚了，而是他第一次表現得像個普通人，他說那些話的時候，臉頰還微微泛紅了，拿出簡單的求婚戒，卻當成寶一樣緊握在手心，說他會幸福的時候，是那樣地真誠。

他不再是那個事事需要計畫，逼自己一定要怎樣的阿谷。他就是個，快要迎接幸福的男人。

「恭喜你，阿谷……真的恭喜你！」

「恭喜什麼啊？會不會答應還不知道呢。」

「一定會的，校花她、那麼愛你。」

「你也這麼覺得？」那大概是他有史以來最溫暖的表情。

但是啊……所有的幸福故事的下一段，好像都是悲劇。所以啊，韓劇真的沒有亂演呢！常看有男主角剛求完婚，戒指掉車底，找的時候就車禍了，或者顧著和老婆說話就撞車了，每次看到這種橋段，都好想吐槽。

哪有這麼巧、這麼扯的事？

還真的有。

就是有。

阿谷和校花，在那天晚上出遊後，失蹤了整整三天！直到第四天，阿谷才從嘉義打電話回來，只有他回來。

他渾身是傷，一開始完全不敢去警局、醫院，他變了個人，那個天不怕、地不怕的阿谷，變成了一個膽小鬼，什麼都不願說。直到看見校花的父母跪著求他，他才勉強說出部分經過。

這個行為讓他飽受校花的爸媽又打又罵，王媽媽當然不肯阿谷挨打，兩方的家長，一下子打得不可開交，混亂得很。

當然，我都在場。

阿谷都發生這種大事了，我不可能還繼續守著承諾，至少要先站在他身邊才行。

「好累啊。明明是我自己要告訴你的，但準備要說到重點時，我又覺得，好累。」

「那你睡吧。」

「你要逃走嗎？」

「我不會走，你可以相信我。」

我幹麼相信一個殺人犯？真奇怪，可能是他的眼神太誠懇了，加上我的眼皮也太重了，回憶這些過去，對我來說還是太痛苦。

尤其是，後來即將說的「那些事」。

溫奎臣真的沒有走。

在我睡了幾個小時起來後，他真的乖乖待在房裡打盹。

聽到我的動靜，他立刻睜開眼，他一度分不清所在地，恍神了一下。「啊……你醒了。」

我慢慢坐起身，一口氣灌了一大杯水，長嘆一口氣。

「那麼，開始吧。」

早點把那個惡夢說完，或許我就能輕鬆一點了。

※

阿谷經歷了非常恐怖的事，到他能好好地敘述完所有的經過，已經是事發一個多月後。

校花的屍體是在事發半個多月後，警方依照他給的些許線索，在一間廢棄工廠裡找到的，聽說死狀相當淒慘，校花的父母一輩子都不會原諒阿谷。

阿谷說，那一天本來他停在路邊求婚，一切都相當美好，校花也答應他了，他很開心，覺得人生要迎來下一個階段，但沒想到下一個階段竟然是地獄。

他們的車子忽然被人襲擊，出現了三個男人，帶著鈍器擊破車窗，就這樣把他們打暈帶走，等到醒來的時候，他們被帶到一片休耕的田地，阿谷被麻繩五花大綁，完全動彈不得。

校花則一直發出淒厲的尖叫，他才發現他們三個人，正在輪姦她！

「他們……非常享受，享受那種在別人的男朋友面前性侵的感覺。他們覺得特別刺激，而且聽他們的口氣，似乎不是第一次這麼做了，因為至今都沒人死掉，所以他們也一直沒被抓到。我就這樣眼睜睜地……看著語舒被他們一遍又一遍地羞辱，我可以看見她的眼神愈來愈絕望，就算他們沒有殺她，她之後可能也活不下去了。」

阿谷當時是面無表情說這些話的。

對比一個多月前的崩潰，這樣的冷靜更讓我害怕。

「阿君，我最近想通了，我知道為什麼他們要做這些事了。因為啊……真的很有快感啊……讓陌生人屈服，並且控制他們，掌握他們的人生，這種帝王才能做的事，原來現代也做得到，你不覺得這樣真的很有趣嗎？」

我當時本來以為，他說這些只是因為打擊太大了，所以把對那些人的恐懼轉化為崇拜，過陣子他就會好了，只要犯人抓到，並繩之以法，他的痛苦一定會減輕的。

但是沒有，犯人沒有抓到，阿谷也沒有變好。

或許他沒有變好這件事，只有我知道。因為他後來還是順利地以雙主修的學歷畢業了，並當上了講師，前程似錦的他，讓人完全看不出來，曾經發生過那麼可怕的事。

他的背上還留有一道長長的疤，穿上了西裝，那些疤痕就變成了隱形的存在，如同他的黑暗面。

阿谷生病了。

我曾經試圖想要告訴王媽媽這件事，但她都不聽，還說我嫉妒阿谷的成就，才會想汙衊他。

在幾年後的某天晚上，阿谷在三更半夜打給我，要我立刻去一個地址找他。

那個地址看起來相當偏遠，我花了快一個小時才找到那個地方，是個廢棄工廠，我內心隱隱覺得，這可能是校花喪命的地方。

「阿君，好慢啊！」阿谷從工廠裡走出來，他看起來相當開心，好像有什麼好事發生了。

「阿谷，這是哪啊？」

「還能是哪？語舒就是在這死的喔。」

還真的被我猜中了。

「快進來吧，今晚有得忙了。」

一走進去，我就看見有個長髮的女子被綁在一張鐵桌上，她微微浮動的胸口，證明她還沒死。不，重點她是誰？為什麼被綁在這？我吞了吞口水，雙手已經發起抖來。

「阿君，我討厭血噴到身上的感覺，你等等負責鋸了她。」

「你、你說什麼？」

他一臉我問了什麼蠢問題的表情。「阿君，這很恐怖嗎？你又沒受到傷害，當年，我可是因為你，身心都受了深深的傷呢！」

當年。對，我還欠他。

我一句反駁的話也說不出來，但手怎樣都無法拿起電鋸，這種只在血腥電影裡才看得到的事，我沒有想到有一天要親自執行。不……光是親眼看著活生生的一個人被鋸死，我、我就……

「阿君，我不喜歡等，天亮了可就難辦了。」

「為什麼要選這裡？」

「那還用說嗎？這裡本來就是犯罪現場，在這裡增加新的血，誰也不會發現啊。」

「那個女的是誰？」

他再也不笑了，冰冷的眼神讓我內心一揪。「阿君，動手。」

我那時清楚地知道，如果再不照他說的做，可能我得跟著那個女的一起死，我雖然每天活得混吃等死，但在死神面前時，才知道，我也很怕死。

「從她的腰那邊鉅下去，我期待這種畫面很久了，之後就沒你的事了。」

我穿著他為我準備的雨衣，打開刺耳的電鋸，一步步走近女人，霎時，她忽然睜開了眼，可能是被電鋸的聲音吵醒的。

她立刻發出尖叫！雙手雙腳拚命地掙扎，但繩子綁得很緊，她不管怎麼扭動都沒辦法鬆脫，她死死盯著我，眼神充滿了恐懼，我從來不知道，原來人在恐懼時，眼睛可以變得那麼凸，瞬間我已經不覺得她是人了，那麼鉅下去應該也沒什麼了吧。

我成功說服了自己。

當然這個說服很快就被現實打碎。當電鋸碰到她的身體，當她的鮮血噴了我滿臉，當她的淩厲叫聲穿透我的耳膜，當手的觸覺真實感受著人體切開，一切……都變得好慢。

我無法不看她的眼睛，她的尖叫聲沒有持續很久，還沒切成兩半，就一動也不動了，一雙凸眼，一直瞪著我，一直、一直瞪著我。

我殺人了。

內心感覺有某個地方崩塌了。

隨著女人的死亡，我也鉅不下去了，就這樣呆愣在那無法動彈。

「你真沒用。」

「為什麼……為什麼要做這種事？」

「當然是為了好玩啊！你覺得不好玩嗎？你可是殺了人喔！我把最有趣的部分送給你了，你不感謝我嗎？」

「謝、謝謝……」我太害怕了，明知道這不是該道謝的事，我還是說了。

後來呢？

後來阿谷竟然像在享受似的，把女人的每個部分變成一塊又一塊，他的動作很溫柔，像在對待一個收藏品，他分解得輕鬆，因為他對人體的構造相當了解。

他……徹底、瘋了。

而我無法阻止他，更無法洗清我自己的罪，因為每一次都是我殺死，然後由他分屍，如果我去報警，那麼我將會背上好幾條人命。

阿谷愈來愈享受這種快樂，最後更瘋狂到把人監禁在家裡，玩個好幾天才殺掉。沒錯，他監禁在家，王媽媽也知道。

但他卻說，他告訴媽媽那是女朋友之後，王媽媽就什麼也不再問了，無論聽到什麼求饒的哭聲，她都像聾了一樣，默不做聲。

「阿谷，你可不可以不要再這樣了？」忘了那已經是第幾個了，我跪下來哭求他，我愈是這樣，他看起來就愈開心。

「你跟我那時候一樣呢！我也是這樣哭著求他們的喔，原來看人家哭求，真的很有趣耶！啊啊……要是能再遇到他們就好了，他們一定比你有用多了。」

「我不行了！我再也沒辦法了！」

「這樣啊？那你要代替她死嗎？你願意的話，我可以馬上放了她喔。」

我愣了愣，看著阿谷拿起鋸子，慢慢向我走過來。

求生意志的本能，讓我停止了哭泣。「我錯了！我錯了阿谷！別殺我！」

見到我這副狼狽樣，他突然大笑起來。「哈哈哈哈！一樣耶！完全一模一樣！跟我那時候一樣喔。」他低頭在我耳邊說：「我那時候啊，也是為了自己能活下來，求他們只要不殺我，他們要怎麼蹂躪語舒都可以，我甚至也能幫忙。她、都、不、知、道，還傻傻地擔心著我呢。」

我覺得自己好像聽了一個我不該知道的祕密，比起我殺人，還要嚴重的祕密。或許我會因為這個祕密死掉，或把自己逼瘋也說不定。

「所以人啊，很賤。到了生死關頭，哪裡還有什麼愛，那都是想像出來的，只有關乎自己的生死，才是這個世界上最重要的。而看著別人為了活下來掙扎，是最有趣的風景，不是嗎？」

我哭了。

看著那樣的阿谷，我不是為了害怕自己死掉而哭，是為了阿谷哭的。

他……一直無法原諒自己，就算讓自己做了這麼多恐怖的事，還是無法放過自己。

他雖然在笑，但內心一定很痛苦。

忽然，他一腳踹在我身上。「喂！不要用那種我很可憐的表情看我！你可別把我想得太美好了，我啊，可是很享受一切呢。」

他不享受，他一點都不享受。

但是他卻無法停下來，作為他的朋友，我除了繼續跟著他走在這條路上，好像也沒有別的選擇了。

即便我每次殺人手都會抖，即便每次我看他分屍，都會想吐，我還是無法，讓我們都停下來。

直到那場車禍，才終止了這一切，才讓已經出軌的我們，能夠不再殺人。

※

「再見。」我把溫奎臣送到門口，我揮了揮手。

他猶豫地轉頭。「你會自殺嗎？」

「為什麼這麼說？」

「你看起來就像已經解脫似的，好像隨時都會去死。」

我哈哈一笑。「我可是寧可殺了別人，也要求活的畜生啊！怎麼可能會去死。」

「這樣啊，那就好。」他放心地點點頭。

「謝謝你。」

「我得說，我沒有比較開心，我不認為撞死他是對的。」

我微微一怔，這個人和我不一樣，他從來沒有逃避自己的罪。

我走到廚房，把媽媽煮的湯熱了熱，一口氣喝光之後，留下了一張字條：「媽媽，謝謝妳。」

我換上一套最好看的衣服，睽違多年第一次踏出外頭的世界，我一點也不害怕，因為我終於可以放下一切去贖罪了。

來到警局，用著最開朗的聲音說：「我要自首。」

我等待這一刻很久了，為了讓另一個人幫我背負祕密，我等很久了。如今我終於可以毫無顧忌地自首，成為多起殺人案的，唯一嫌犯。

阿谷，我沒有欠你了。

阿谷，我終於變得有用了。

阿谷，我不再是那一年的膽小鬼了。

「為您插播一則新聞，有學生舉報霍恆瑞生前，曾經是校園霸凌者，幾位同校的學生限動中，流出幾則明顯是霍恆瑞的身影，正在痛毆同學，畫面相當殘忍，當然這些限動馬上就遭刪除，但已經有不少學生跳出來反應，有很多人都因為霍恆瑞橫行霸道的作風，不得不轉學。張琳對此回應，希望不要再有人消費她的兒子，也會針對那些不實謠言的散播者提告。」

她的祕密

啪啦、啪啦！

已經忘了是什麼時候愛上盤子碎掉的聲音，那聲音相當清脆，每次砸到牆上四分五裂的樣子也很美，重複往同一個點丟，殘餘的碎片會隨著新的撞擊，變得更碎、更小。就好像，我的心。

第一次來到這家專門給人砸盤子的店時，我其實是站在外面猶豫不決的。「怎麼會有這麼荒謬的店？」、「如果我進去，別人看到我會說什麼？」、「最近都還在跟拍我的記者，會不會說我崩潰還是發瘋？」

我總共站在店門前四 五次，沒有一次敢推開這道黑色大門。

直到某次剛好看到一名主婦滿臉愉悅地走出來，她輕鬆得就像所有的壓力都釋放似的，我好生羨慕。

「要不要進來消費一次看看？」店長站在門口問道：「看您已經來了很多次了，放心，這並不是什麼奇怪的店。」

那確實不是一間奇怪店，店內都採包廂式，每間包廂都放了好幾箱的盤子，還有防護很好的護具，客人只要負責盡情地砸就可以了，而且包廂的聲音完全不會透到外面。

也就代表，無論我在裡面說著多瘋的話，都不會有人聽見。

我上癮了，我似乎愛上看著盤子碎掉的畫面，每次砸向牆壁，我都只想著同一張臉，想著溫奎臣的臉因此被碎片割傷，就會讓我愉悅不已。

啪啦、啪啦！

碎掉的盤子和小豆苗躺在停屍間的樣子，也很像。

我永遠也無法忘記，我這個白髮人當初一看到白布掀開的瞬間，雙腳立刻腿軟，那整張臉都是血的人怎麼會是我的兒子？那手腳都呈現詭異扭轉的，怎麼會是我兒子？

啪啦、啪啦！

那樣委屈死掉的人，如今、竟然……是被故意殺死的！

念頭一想到這，我就發瘋似的把整箱盤子拿起來亂雜，因為速度過快，一塊碎片飛到我的脖子那，就這樣露出一道小血痕。

我低喘著氣，腦海裡都是溫奎臣那張該死的臉！做了那種事的人，還一天到晚跑來找被害者家屬。他的良心，被狗啃了嗎？我還為那種人敞開大門、同情他，覺得他也許當初也有很多不得已……

真可笑！我真是可笑！還為那種人找藉口！我一定是瘋了！一定是因為我太想小豆苗了！才會把他當成了我的兒子！

我又拖出一箱盤子，繼續一個接一個地砸，但這一次，不管我怎麼砸，心中那股憤怒和怨氣，好像都無法散去。

我摸了摸脖子上的血，血的顏色很淡，沾在手上就變成了年輕人喜歡的乾燥玫瑰色。血，除了讓我想起仕谷破碎的臉，也讓我想起很多我故意忘記的事。

我乾脆撿起其中一塊碎片，把手指又多劃了兩下，讓血液的顏色能夠更紅一些，要再更紅才對，血就是要大量且集中地聚在一起才會像。

像什麼？

當然是像地獄啊。

我曾經看見兩個地獄，一個是充滿血的地方，一個是小豆苗死後的世界。

我其實很後悔。

對於那段往事，我有的只剩後悔，如果不是這樣，小豆苗就不用死了。

所以，我只能把這些心情，都藏在每一個盤子中，砸碎了就好，砸碎了就什麼也不存在了。

從砸盤子的店離開，我的步伐略顯疲憊，明明離家只剩兩分鐘，我卻暈眩得快走不動了，我扶著牆喘氣，一個熟悉的嗓音傳來。

「林阿姨，您還好吧？」

「哈……你是基於什麼心態這樣問的？看見你，我還會好？」

我瞪著眼前這個十惡不赦的罪人，我無法忘記影片中他是如何殺死我兒子的，更無法再心平氣和說話！

「抱歉，那我先走了。」

「你得到報應了啊？看來有人先幫我揍你了。」他頭上的傷看起來很嚴重，耳邊的血漬代表傷口很新，但我卻沒有開心的感覺。

「這是周秉君先生打的，但他不是故意的。」我感覺得出來，他是故意在我面前提到這個名字，就像在暗示我，他已經知道了什麼似的，果然他就是個不安好心的人！

「所以呢？就算你知道了什麼，世人也不會原諒你，你就是個殺人的畜牲！明明不是意外還假裝意外的畜生！」

「我沒有覺得知道了什麼，我的罪就會消失。」

真煩躁。

我有點理解小豆苗曾經說過的話：「媽……不會有人懂的，他們永遠只會說些冠冕堂皇的話，好像自己是什麼聖人，那些都是假裝的，沒有人真的這麼善良。」

對啊，溫奎臣肯定也是假裝的，他的內心早就黑得跟什麼一樣了，不然他也不會踩下油門殺了小豆苗，他不就是怕賠更多錢嘛，為了那麼一點利益就能殺人的人，能多善良。

我的小豆苗，才是這個世上最無辜的人。

「你就那麼想了解我兒子？還去找鄰居？行啊，我讓你了解個夠！」

他的表情出現了猶豫，他居然沒有馬上答應，他之前不是很渴望了解嗎？

「林阿姨，一直跟我講話，只會讓您更痛苦而已。」

「你只要活著一天我都痛苦！」我又控制不了地歇斯底里了，路過的人們紛紛朝我們看來。

「欸，那個是不是那個……」

「好像是耶！快拍！」

「快點跟上！」我對他吼完，就迅速往家的方向走，隨著一個人拿起手機，許多不知所以的路人也開始拍，好像不管是什麼，先拍再了解就行了，不……他們哪有想要了解啊，他們只想要一個可以配飯的話題而已。
就跟當年，一樣。
當時好多議員都來關心我，在攝影機面前露出親切慰問的表情，走出了攝影範圍，他們沒有一個是真心的。
社區的鄰居，若是看到我蹲在路邊走不動，也只會說：「別管那個可憐的母親了，我看她差不多瘋了吧。」、「是我也活不了了，別管她了。」
大家只會想遠離，好像我是什麼瘋子的病原體，不管我多歇斯底里，他們總會用同情的姿態原諒我。
這件事重新變成新聞追逐的目標，一直有鄰居來按門鈴，他們假裝關心我的狀況，問東問西，最後把偷拍的影片上傳，讓大家知道我過得有多不好。
真是，可笑啊……
明明就對別人的人生沒有興趣，卻為了自己能夠蹭上一些熱度，什麼手段都能用。
「媽，妳覺得『惡』是什麼？做了怎樣的事，才能被放進這個字呢？」
某天，小豆苗用著一張純真的臉這樣問我。我回答不出來，一個字也沒答出來。
我抬眼看了溫奎臣，他的狀態不比我好，鬍渣都已經長出來了，看來他在周秉君家待得很久。

「你想知道什麼？問吧。」

「林阿姨，我已經不清楚，我還想不想知道了。或許繼續像這樣都不了解，會比較好。」

我冷笑。「比較好？你怎麼可以覺得自己還能好？」

「……」終於，連他也疲倦得對我無話可說了。曾經，小豆苗也是這樣的，常常我們在家待了一天，他卻一句話也不說，什麼也不做，好像只是在等待這一天過完，迎接不知何謂的明天。

「我不會讓你過得比我好。」

※

小豆苗在大學時出了事。

一個非常非常嚴重的事，慶幸的是他活下來了，這比什麼都好，且那個討厭的女人死了，我原本……滿開心的。

當然開心了。

那個一直破壞我們母子和諧的人死了，不會嫁來我們家了，怎麼會不開心呢。但是她的父母卻更討厭，居然把所有的錯都推在小豆苗身上！這怎麼會是他的錯？是那些壞人的錯啊！是他們女兒自己要跟小豆苗出門的錯啊！

還好我們沒有結成親家，我跟那對父母，肯定合不來。

我的小豆苗雖然喪氣了一陣子，不愧是我的孩子，他很快就振作起來，人生的目標沒有偏移，按照計劃地畢了業、當了講師，多好。

尤其是少了那個女人，更好。

很多年以後，我後悔過。為什麼那個時候，沒有好好關心過小豆苗的狀況，好好地找他聊、好好地帶他走出陰霾，我就這樣放任他自己療癒自己，還驕傲的認為，男孩子就是要自己克服難關，才能變成一個男人。

小豆苗每天都掛著笑容，隔壁的周秉君也愈來愈常來家裡，他們經常關在房間不知道在做什麼，敲門問的話，只會說在看書。

確實是在看書，只是我不懂，小豆苗已經當講師了，為什麼還要看那麼多書。

「周秉君，你自己不去讀書，每天叫我兒子幫你補習嗎？」

「呃、不是這樣的……」

「不然是怎樣？我兒子很忙，下了班還要教你念書，你是想累死他是不是？」

「媽，我們只是讀書同好，阿君已經有工作了，不用再考試的。」
「真的？我怎沒聽你媽提過？」
「呃、只是個打工，在家就能完成。」
我不屑地笑了笑，這麼沒用的東西，竟然每天纏著我們小豆苗，我真的很希望他能換個朋友。
又過了一陣子，我發現小豆苗會在半夜出去。因為我有夜尿時，都會順便去看看他有沒有亂踢被子，卻在某天晚上發現他不在。我一直等到早上快天亮，才等到他回來。
當然，他不知道我在等他。
他一回來就去洗澡，洗完就去睡了。不到一小時，在鬧鐘響的時間醒來，早餐時間，他看起來就像睡了一整夜一樣有精神。
我以為他去嫖妓。
畢竟是年輕氣盛的男孩，又一直沒有交女朋友，我把這件事當成很正常的行為。反正他不要再找一些不三不四的女人回來，愛她愛到連媽媽都忘了，他要過怎樣的生活，我都能接受。
我覺得自己進步了，學會放手給孩子自由，學會如何和小豆苗和平相處。他每天晚上都會回家吃飯，每天都帶著笑容，相當快樂。

就好像那個女人，從來沒有出現過，以及那個事件，也從沒發生過一樣。

「媽，明天是母親節，我替您訂了兩天一夜的溫泉旅館，您只要去好好放鬆就行。」

「要去旅行啊？好啊！可是你工作那麼忙，沒關係嗎？」

「我就是不能陪您好好過，所以才訂了這個的啊，當作是補償。聽說還會有SPA、按摩，去一趟保證年輕十歲呢。」

我雖然有點失落，但看在他那麼有孝心的份上，欣然接受了。

那是位於烏來的一間知名旅館，我一告訴鄰居這件事，大家都很羨慕我，認為我有一個特別孝順的兒子。

出發的當天，小豆苗親自送我去接駁區。果然抵達後，我享受了一切奢華的服務，就像個貴婦一樣，吃的用的都是最好的。

沒想到晚上才剛泡完溫泉，旅館就突然大停電！

我嚇死了！打電話給小豆苗，他卻不接也不回，不知道是不是還在忙工作。

過沒多久，旅館人員說，山區的供電忽然燒毀，需要緊急搶救，但時間已是夏天，沒有冷氣的話，誰也都待不住，只好全額退費，並即刻送大家回家。

我失望極了，好好的旅遊心情都被破壞殆盡，還要連夜坐車回家，根本就是要累死我！

到家後，已經是晚上十二點多，一打開門，就發現家裡多了兩雙鞋，其中一雙是女鞋。

我心裡有點不是滋味，小豆苗把我丟去山上的旅館，就是為了帶女人回家？所以才一直對我的電話不接也不回？這孩子！

隱約中，我聽到小豆苗的房裡傳來些許的哭泣聲，湊近到門邊聽得更清楚了。

「求求你、求求你放我回家好不好？」

「嗯？回家？為什麼？我又沒對妳怎樣，幹麼那麼害怕呢？」這是小豆苗的聲音。

「請你不要殺我！嗚嗚嗚……」

「哈哈哈！喂阿君，她到底在瘋言瘋語什麼啊？是她自己玩遊戲輸掉自己的指甲的啊，對吧？」

「對啊……」連周秉君都在！他們到底在說什麼？什麼輸掉指甲，那到底是什麼意思？

我放慢呼吸，深怕被他們發現我已經回來了。

「來吧，繼續玩。」

「不……我不玩！我不要玩！我要回家！」

「喂、好吵啊，妳不知道我最討厭女生的聲音，搞得這麼刺耳嗎？」

「對、對不起……」

「那就繼續玩？嗯？」

「好……」

「阿君，這次要賭什麼呢？拔指甲太無聊了，賭一顆眼珠子如何？」

「我都好……」

「那就賭眼珠子一顆！快！開始吧！」

我發現，我的背脊已經涼了大半，用著這麼歡快聲音說話的小豆苗，我從來沒有見過，不……我見過啊，我見過的，我只是假裝忘了。

那年他這樣分解昆蟲時，也是這般歡快啊。

「哇！妳怎麼又輸了，賭運也太差了吧，那眼珠子就……」

「啊啊啊啊！不要、不要！求求你！求求你……」

噗滋、噗滋。

明明隔著一扇門，明明還伴隨著那沒刺耳的尖叫聲，我卻清楚地聽見了，刀子刺進眼球的聲音，然後被連根拔起的聲音。

「哇啊！滿美的耶，果然選妳是對的，妳的眼睛太漂亮了！」

女孩的哭聲愈來愈小，不是她沒有力氣，聽起來，更像是她已經絕望了。

「阿君，幹麼一臉哭喪？要開心啊！你成為控制的那一方了耶。」

「我、我很開心！」

「是嗎？那你就把她的另一顆眼珠子也挖出來，總不能只有我做嘛，我們是共犯啊。」

「好……」

周秉君喘氣的聲音非常大，他從頭到尾都只對小豆苗唯命是從，就像有什麼把柄被抓住似的。沒一會兒，女孩又發出了尖叫聲！

「對了，我聽說妳本來是音樂班的？是拉小提琴，對吧？失去指甲和雙眼還沒什麼，如果連手指也斷了呢？」

「你、你要幹什麼？」

「沒什麼啊，我喜歡看人絕望，然後奪走他們最重要的東西，不覺得這樣很快樂嗎？阿君，這種太血腥的事我不喜歡，你把她的手指都砍吧。」

「你這個人渣！我寧可你強姦我！啊——！」

我再也聽不下去了，我慌慌忙忙地逃離家裡，腦子嗡嗡嗡的，全都是那個女孩尖叫的聲音，還有小豆苗說的每一句話……

不可能，這是幻覺。

一定是幻覺。

我的小豆苗可是人中龍鳳，有個人人稱羨的職業和學歷，對我還很孝順，他是乖孩子，一直都是個乖孩子。

所以這只是我太累的幻覺，只要我去好好睡個覺，明天回家時，一切都會很正常。

沒錯。

當我在附近旅館過了一夜，在外遊蕩到下午才回家時，小豆苗精神奕奕地迎接我回來。

「媽！我擔心死了，今早我才聽說旅館退費的事，您昨晚去哪了？」

「哎唷，我這老骨頭受不了整天的舟車勞頓，所以下山後，就拜託司機讓我在附近的旅館過夜了，我都要累死了！」

「抱歉啦，我不知道居然會發生這種事，昨晚太累很早就睡了，也沒回您的電話。」

「沒事啦！我的手機忘了帶充電器，沒電了，害你擔心了。」

「所以啊，我今天訂了間海產餐廳，晚上我們就去吃大餐！」

看吧，果然是我的幻覺。

一切都是幻覺，是我太累了。

家裡很正常，偷瞄小豆苗的房間一眼，裡面也收得整整齊齊的，哪裡有什麼奇怪的女孩被傷害呢？

晚上，我們去了間相當有名的海產餐廳，小豆苗點了一堆高檔料理，從螃蟹到龍蝦，應有盡有。我吃得非常開心，彷彿昨晚瞥見的那些畫面，已經從我的腦海裡刪除。

直到，最後一道菜上桌，我的笑容才變得有些不自然。

是鮭魚眼睛，一顆顆的大眼被擺在盤子裡，就算已經料理過了，但那些調味都擋不住一顆顆的眼珠子。

「媽，這可是極品喔！」他邊說，邊用筷子用力地插進其中一顆眼睛裡。噗滋噗滋，一模一樣的聲音，再次重現。

我抬眼看著他，他的笑容依舊，他的聲音依舊，但母子連心的我們，都心知肚明了。

他知道，我知道了。

「真好吃呢，媽，不來一個？」

「我先去一下廁所。」

一離席，腳差點軟得走不動，頭暈目眩到很想吐，結果才一到洗手台，我就把剛剛吃的大餐，吐得一點也不剩。

其他進廁所的人，紛紛對我嗤之以鼻，碎念著我沒品。

但我已經顧不得那麼多了，我被逼到沒有地方可躲了。

小豆苗就是要我承認！承認那樣的他！

我重新回到餐桌，那盤魚眼睛就這麼被擺在我面前，我臉色慘白地看著撫養了多年的寶貝，我是那樣把他捧在掌心地養大，什麼時候，他已經不是我認識的兒子了？

「媽，您很開心吧？您從來都沒有覺得，語舒走了很可憐吧？所以請您繼續保持您的開心、保持您的無情，不能因為不是語舒，您就忽然產生了關心，那樣的話……我會很傷心的。」

「你在說什麼啊？媽都聽不懂，這魚眼睛真特別，我也嚐嚐。」我忍著作嘔的衝動，硬是咬了魚眼睛一口、兩口、三口，直到把整顆眼睛吃下去為止，我都沒有面露難色。為的就是想證明，他的猜測是錯的，我昨晚……什麼都不知道。

「對吧？我就說是極品了！」他笑了，笑得很開懷，笑得像春日的初雨，終於走過了嚴寒的冬天似的。那樣地不合時宜。

※

「那天之後，又過了一陣子，我們家，開始不時會有不同的女孩子出現，她們平時都被關在房裡，每天都只吃晚餐。我曾經想過，要不要在中午，偷偷給她們吃點東西。但我太害怕了，我不想去承認那些人是被關在我家的，我不想去承擔，如果害她們逃走，東窗事發，我們家會變得怎樣。」

我看著溫奎臣不發一語地聽著，像在聽別人的故事，但眼神卻從未變得鄙視。

「我知道，她們都死了，那不是您的錯。」

「那是誰的錯？我兒子的錯？」

「不，誰都沒有錯。」

誰都沒有錯。

什麼狗屁理論，這種安慰話，他難道以為我會開心嗎？

可是為什麼……為什麼我的眼淚要不停地流下來呢？

「林阿姨，放下吧！您繼續恨我就好。恨我就好，不用恨您自己。」

我崩潰了，掩面不停地哭著，內心積累多年的害怕，一下子傾瀉而出，彷彿終於找到發洩的出口，我拚命地喊著：「對不起……對不起！」我要道歉的是那每一個，被我漠視的生命，我要道歉的，是那個一直在等我阻止的，兒子。

我知道，小豆苗一直都很痛苦，他並沒有因為這而比較快樂，只是他找不到方法讓自己停下。

直到。

那個女生的出現。

那個和李語舒幾乎長得一模一樣的女孩，不只說話方式像，就連個性上，都很像。

「我認識你的女朋友，楊靜書。」

她出現了之後，小豆苗很久很久，不再做那些恐怖的事了，他彷彿正慢慢地在變回原本的樣子。

「您終於，願意告訴我了。可是……好像也沒那麼重要了。」他轉頭看向窗外，此時已經又天黑了，就像他的人生，再次面臨黑夜。

我的那一天

我點起一根菸，好讓屋子裡的霉味能散去一點。太多天沒回家，屋子一打開就充滿悶悶的味道，這裡再也沒有靜書身上的洗髮精味，那香味，總會在她洗完澡持續到隔天早上。我甚至，已經想不起來那是哪個牌子的洗髮精了。

我家門前再也沒有記者徘徊，我的手機不再有響不完的通知聲，一切看起來像結束了，又像沒有。

那時，當我聽完了所有關於王仕谷的故事，無論是周秉君說的也好，還是林美花說的，我愈是傾聽，內心就愈平靜下來。那絕對不是因為罪惡感消失的關係，而是——原來，曾經有個人，活在比我更像地獄的地方。

人們好像都是這樣，痛苦是比較出來的，因為不自覺和王仕谷的人生做比較，我漸漸覺得，我好像沒那麼糟了，沒有糟到需要一直這樣怨天尤人的程度。我不相信王仕谷殺那麼多人會快樂，他不過就是一遍又一遍，重演自己的痛苦罷了。

「我還是沒有原諒你。」林美花最後這麼說：「所以我也沒有原諒自己，我會贖罪，你最好也不要忘了你的罪。」

「我不會忘的。」

她盯著看了我好一會兒，微笑說道：「我相信，你一直都沒逃避過我啊。」

比起那次她帶著我去買衣服的親切，那一刻，她祥和的表情讓我很震撼，那不是假裝的，那是真真實實對我露出的笑容。我……被原諒了嗎？不，她如果原諒我，那她以後要恨誰？

這個答案很快就出現了。

剛離開林美花家不久，我收到一個直播的網址，是臉書上為數不多的好友標記我的，點開一看，竟然是林美花！

她獨自坐在餐桌前，彷彿已經自言自語說了一段時間。

「所以啊，那個上傳影片的人，我不會怪你，看到這麼可怕的影片，一定會想讓大家都知道。但是，這是我和溫先生的事。你們並不知道他這幾年是如何贖罪、並不了解我對他的恨到哪，更不懂我們為了克服痛苦，曾做過多少努力。你們，都不知道。不知道他忍耐我的歇斯底里和情緒失控多少年，不知道他無論何時何地，都願意傾聽我的咆哮……」

原本平和的語氣，說到這裡時，忽然停了下來。她過了好幾分鐘才正視鏡頭，右手已經拿出一把小刀，放在手腕上。

「我很想死，這麼多年沒有一天，覺得活下去很快樂，我更恨每一個過得快樂的人，嫉妒他們的人生，偶爾甚至有衝動，想著要不要去當個無差別殺人犯，把這個世界毀滅得亂七八糟，讓別人也嘗嘗失去兒子的感受……哈！你們不信吧？」

她在手上劃下深深一道傷痕，我著急地以最快速度衝去她家，好在並沒有很遠，我用力拍打她家的門，但她卻繼續進行直播。

「聽啊，你們聽見了嗎？那個被你們罵到十惡不赦的人，正在外頭拼了命地想救我呢。只有想活的人，才會這麼拚命救人、幫助人，即使他的人生根本就是地獄，但他從來沒放棄過任何人，包括他自己。」

我一愣，停下了敲打，就這麼被她說的話，驚訝得無所適從。

我想活嗎？

我沒有放棄自己嗎？

「那樣的人，你們就不能放過他嗎？像我這樣不珍惜自己的人，才應該被你們撻伐才對。」她又用力地劃了一道，這時她的衣服已經都是血了！

「讓開！」忽然某一戶的鄰居衝過來，他看起來相當健壯，手上拿著鐵鎚，他用力敲著門鎖，直到把鎖頭敲得凹凸不平，再用力地踹門好幾下，這才把門踹開！

我們衝進屋裡時，林美花已經搖搖欲墜，用盡最後的力氣對鏡頭大喊：「不要再把別人的人生當成娛樂來看！你們這些人根本就不是真的關心我兒子的死！滾！」

救護車的聲音漸漸淹沒在林美花最後的怒吼中，救護人員立刻替她止血急救，一切慌亂都變得相當安靜，我看著滿地的血，看著林美花這個老母親最後的怒喊，我才知道，她什麼都知道。她並沒有瘋得那麼徹底。

後來林美花的命撿回來了，幫忙破門的鄰居，聽說他本來也在看直播，原是抱著看熱鬧的心態，直到見血才醒過來，知道必須要幫忙救人。

原來，他也是想看熱鬧的。

林美花最後喊的那句話，多麼地諷刺啊，大家都一樣，沒有誰比較清高。

新聞大肆報導網友差點逼死受害者母親的消息，她的直播影片也一再地被打馬賽克重播，但她最後喊的那句話，卻沒有播出來。

於是媒體將焦點重心放在霍恆瑞的案子上，或許大家都很心虛，或許大家並不想知道得那麼清楚，反正有話題性就好。沒人會想知道那些細節，就像沒有一個加害者會像我這樣變態，想去了解被自己撞死的人，以前過著什麼樣的人生。

霍恆瑞的案子，不比我的案子平淡，除了明星父母的光環，再加上他的校園霸凌案件，一個個的證據浮出，曾經是擁有良好前途的星二代殞落，一下子變成一個加害者死亡的案子。

同時我也認出影片中有陳彥儒的身影，想起他上回的心虛，我內心也有一些猜想。

不再有人去騷擾曾姓駕駛的家人，也不再有人想要來騷擾我。

彷彿這些一個又一個一時聳動的新聞，總在有人受傷了、鬧大了，食人魚群又接著去啃食下一個。永不止歇。

「我到底在幹麼啊……」對著空氣低喃，我覺得這陣子的自己，像個胡亂在迷宮裡衝撞的人，卻發現一切都是徒勞。

我甚至都忘了，打從一開始我就只是為了，想要找靜書而已。

但那個初衷，現在還重要嗎？

「阿臣！」阿軒一身灰頭土臉，頭上的工具帽都忘了拔，就這樣直接衝進來！

「靠北啊！我以為你……你這小子可不可以不要不說一聲地消失啊！」

「對不起……」

他用力捶了我的胸口一下，然後眼眶有點紅。「都結束了吧，我都看到新聞了，結束了吧？」

結束了嗎？

這一切風暴是由我引起的，但真的結束了嗎？發佈影片的陳彥儒，後來會怎樣？會不會轉為新的撻伐對象呢？他的爸爸又該如何呢？周秉君呢？林美花呢？

靜書呢？

「我好累，我可以先睡一下嗎？」

「好、好！你睡吧……我先回工地，晚上再過來。」

「阿軒。」

「怎麼？」

「謝謝你。」

阿軒搔搔頭。「兄弟之間謝什麼謝！」

我疲憊地闔上眼，夢裡，我又夢見靜書了。

十一年前，靜書那個時候也才快十七、八歲，那時候的她，是怎樣認識王仕谷的呢？他們之間又發生過怎樣的故事呢？靜書是在知道我是誰的情況下認識我的嗎？還是認識了才發現？

最重要的，為什麼她還會希望我幸福？

太多疑問了，但些疑問，我卻害怕得不太想去確認。

一覺醒來，天已經黑了，桌上擺著阿軒幫我準備的便當和字條。

『恰恰發燒了，你醒來不要亂想，好好活著。』

好好活著。

這四個字要做好有多難啊。如何才能把自己「好好」地活著？

我打開了電視，想看看關於霍恆瑞，關於我，媒體還有沒有再關注。

沒想到新聞的頭條新聞，已經不是白天的林美花被逼自殺的新聞了！竟然變成連續殺人案的犯人自首的新聞！

「周姓嫌犯已經帶著警方挖出多具遺骸，其被害者的身份還要加以確認，更令人髮指的是，那些遺骸都已不完整，周姓嫌犯供稱都被他分屍過，所以要拼回遺骸還需要時間……」

我不禁摀著嘴，不敢相信周秉君竟然自首了！

「你有什麼話要對被害者的家屬說嗎？那些人都是被你擄走還是騙走的呢？他們都是誰？你為什麼現在突然要自首？」記者連珠砲的問題，把周秉君圍得進退不得。

忽然，戴著口罩和安全帽的周秉君說話了。「我只能說，我對不起被害家屬，然後，我願意為我犯下的罪行，深深贖罪！」

我打開手機，確認沒有收到林美花的簡訊，但心情又不安起來，誰也沒料到周秉君睽違多年踏出家門，竟然是去自首！還把所有的罪都承擔下來了！

作為共犯的他，確實清楚所有的殺人過程，但……這樣是對的嗎？這樣就可以了嗎？

難怪他會不惜襲擊我，也要我把他的故事聽完，因為我也許就是世界上唯一知道全部真相脈絡的人了，他希望他曾經的糾結和掙扎，至少能有一個人知道，然後就能心無旁騖地去自首。

「什麼啊……這到底、算什麼啊！」把罪往身上攬，讓王仕谷永遠當一個「孝子」。這樣就可以了嗎？這樣真的……可以嗎？

為什麼我會有這種不甘心的感覺？

忽然，一通無號碼的電話打來，我怯怯接起。

「奎啊。」

「靜書！妳、妳……」千言萬語，我已經問不出口她人在哪了，更多的是，我想知道她好不好？

「我在海邊。」

我隱隱聽見些許的海浪聲，猜測她在某個海邊。

「我知道。」

「你記不記得，你說過，下個一起放假的日子，就去海邊？」

「我……我不記得了。」

「我就知道，你在這種小約定上，特別不長記性，但是對於我想要的未來，卻很努力。」

「抱歉。」

「別說抱歉啊，一直該說抱歉的人是我，是我沒勇氣把話好好說清楚再走，才讓你最近陷入一個又一個的難關中，都是我害的。」

「妳……好嗎？」

她的聲音有點哽咽。「都這種時候了，你怎麼還問這種問題？」

「不能問嗎？這個比較重要。」

「奎，我會說清楚的，把一切原原本本地說清楚，明天我會和小狐一起開個直播，你會知道一切。」

「什麼?!妳怎麼和他會……不管怎樣，妳能不能什麼事都不要做？」

「你知道我要幹麼？」

「我不管妳要幹麼，已經連林阿姨、周秉君都那樣了，如果是應該被隱藏起來的祕密，為什麼不讓它永遠變成祕密就好了呢？」

「才怪，你才不是這麼想的。」

「我……」

「你是擔心我而已。但你心裡，並不希望這樣，如果你是那種人，你就不會一直背著罪，死都不放下了。你心裡的正義，一直在。」

「靜書……不是的，我不希望連妳也說出什麼，會讓妳受傷的事！」

她笑了，是平常那種心裡開心就會自然笑出來的聲音，我已經好久沒有聽到她的笑聲了。

「相信我，直到最後。」

說完這句，她就切斷通話，我只能待在原地，什麼也阻止不了。

「結果，妳還是沒告訴我，妳好不好。」

※

存款已經見底，房租已經延了十幾天，這個月該要還林美花的錢，也拿不出來。就算現在沒有媒體追逐我了，我也接不到工作了。我不敢告訴阿軒，我怕他會不惜動用和恰恰的結婚金，也要拿出來救濟我，我欠他的已經太多。

但很奇怪，明明已經陷入這樣的絕境，我卻一點真實感也沒有，就像昨晚我接到靜書電話一樣，沒有實感。

從我逐漸明瞭更多我不知道的事之後，我的內心就一直抗拒接受事實。甚至有點害怕，靜書打算在直播上說什麼。

相信我，直到最後。

靜書的那句話，如同一顆小石子，就這樣投入我的心中，慢慢下沉，直到心臟的最深處，時而刺痛、時而恐慌，折磨著我，輾轉難眠到天亮。

我一直盯著手機，盯到視力都有點模糊，還是堅持沒事就刷一下小狐頻道的動況。

直到早上十點，直播就這樣在沒有任何預告的情況下開始。

畫面是一張鐵椅，地點看起來是間廢棄多年的屋子，屋內僅靠著窗外的光打亮，但光源這樣就很足夠，清楚到連角落的蜘蛛網都能看見。就是沒有人說話。

我把聲音開到最大聲，可以聽見鏡頭後面似乎有點小小的爭執聲，沒過多久，總算有人走到那張椅子上坐下。

那個人，是小狐，是陳彥儒。

「大家好，我就是上傳這個影片的人。我做錯事了，我不應該把別人的傷口擅自攤在陽、陽光下……」雖然他戴著墨鏡，還是可以感覺得出，他的視線一直看著左邊，好像那裡有人拿著稿紙讓他念，所以才說得漫不經心，完全沒有道歉的力度。

「我……對不起被我傷害的每一個人。」他忽然停下來，低著頭。「我其實根本不想道歉！根本沒有人知道我原本過著什麼樣的日子！那種害怕去學校、害怕待在學校每一分一秒的感覺，誰能懂？對！我也是被霍恆瑞霸凌過的人，甚至、甚至直到他死的那一天，都還在霸凌我！」

他的這番言論，立刻讓這個直播熱度上升，人氣急速增加，下頭的評論一度多到讓直播顯得有點遲鈍。

「真相本來就應該大白，原本死掉的人就不能是霸凌者嗎？原本以為只是普通酒駕的人，就不能是個惡毒的殺人犯嗎！那我們這些被害者又該怎麼辦？誰要來向我道歉？我幹麼向那種人道歉！」他愈說愈激動，看起來彷彿像在對著我說，他說他直到霍恆瑞死前都還在被霸凌，我想起之前的臆測，確定了一件事。

「夠了。」一道好聽又堅毅的聲音說道，那是靜書的聲音。「這是你最後的機會了，你真的，沒有話想告訴你的爸爸嗎？」

他深吸了一口氣。「爸！我這輩子都無法活得像你那樣善良！一輩子都沒有辦法！我就是個這麼自私自利的人，甚至報復心還很強！請你不要再用那種『這個世界很善良』的方式教我了，不是每個人都能那樣活下去，我覺得，我現在這個方式，活得比較快樂，我會自己找到我該走的路！最後，不要再叫我感謝傷害我的人了，因為我不需要被我傷害的人感謝我，那樣只會讓我很想吐！」他激動地說完這些，忽然拔下墨鏡口罩面對鏡頭，雙手明明怕得直發抖，卻還是用力看著鏡頭說道。「喂那個殺人犯你聽好了，對！對！對！我……我是應該，要道歉。」

一瞬，我彷彿知道了他要道歉的東西是什麼。

那孩子還在猶豫，表情還在猙獰，面對自己要不要坦誠的事情，還在掙扎。

我迅速打電話給陳志弘，好在很快就接了。

「溫先生？」

「請你現在立刻打電話給你兒子，幫我轉告他：『無論真相是什麼，有道歉就夠了，你們誰也不欠誰』拜託！快點現在立刻告訴他！」

或許是感覺到我的急迫性，也或許是基於關心自己的兒子，直撥畫面中不出幾秒，就看見陳彥儒瞪著手機來電，默默接起，他並沒有回答，只是眼睛瞪得大大的，最後對著鏡頭紅了眼眶，甚至大哭起來！

「對不起……嗚嗚嗚！對不起！」

「果然，他們是父子。」即使陳彥儒不想承認，但其實，他的心和他爸爸一樣，無論後來變得如何，最初的樣子是良善的。

我鬆了一大口氣，保住一個年輕人的未來，竟然可以讓人如此開心。

接著，下一個坐在鏡頭前的，是靜書。

太久沒有看到她，她整個人瘦了一圈，一瞬間，我忽然直覺地想到，他們可能待的地方是哪裡了。

我把手機插在摩托車上的支架，用最快的速度出發！如果我快一點，應該能在她說完話之前趕到。

她清了清喉嚨，不但沒有說話，而是在哼歌，因為沒有唱出歌詞，我是聽了好半天才聽出歌名的，是一首叫做〈親愛的你怎麼不在我身邊〉，我不是很熟，在廣播聽過幾次。

「十一年前……不對，算算時間差，差不多是十二年前了，那時我每天，都聽到一個人，一直在唱這首歌。」

我的脣愈抿愈緊，對於她即將說出和另一個男人的過去，我實在是不想聽下去。但為了那句相信她，所以我只能加速，朝她的所在而去。

「我在某一天，做了一個後悔一輩子的決定，矛盾的是，如果不是那個決定，我如今也不會愛上某個人，不會和他度過那麼幸福的時光。」

我愣愣地聽著，差那麼一點，我就要因為沒注意來車又車禍了。

我已經來到她的鳳山老家，鎖鏈仍是從外頭鎖上，難道她不是在這裡？

比對著陽光的倒影，確實不太可能是在這一區，應該在相反的方向才對。

正納悶時，耳邊傳來一句讓我怔住的一句話——「我被那位媒體口中的『孝子』王仕谷，監禁了長達半年多的時間，如果不是他突然死了，我也不可能坐在這。我早就，在剛滿十八歲不久的年紀，死了。」

我重新看著手機畫面，看著靜書泛紅的眼眶，看著她雙手緊握，都在在顯示了，她的決心。

「哇靠！鄉土劇喔！你們到底在演哪齣？」

「等等會不會有個長得一模一樣的孝子出現，再來個大反轉？」

我看著那些不堪的留言，好想讓她別再說了！無論那是怎樣的過去，都別在大眾面前說出來！這樣她以後要怎麼找新的工作？她到底為什麼要……

「我這輩子最感謝的人，是你們最撻伐的殺人兇手，很可笑吧？」

我哭了。

因為太心疼她，而蹲在原地哭個不停。

我根本不在乎，過去的她到底是誰、又經歷過什麼，如果她是因為這種原因離開我的話，我真的會很難過。

「靜書，妳就是妳，就像在妳眼裡，我也就只是我一樣。」

他的那一天

人們看著鏡子的時候，都在想什麼呢？

我聽說，有人每天會在鏡子裡對自己打氣，會告訴自己今天又是美好的一天，還會說自己很漂亮的也有……我每次照著鏡子，想到居然世界上有這麼多蠢人，就笑得不能自已。所以鏡子對我來說，就是個笑話，一個不需要有演員表演，就很好笑的笑話。因為我就是笑話的源頭，不用演。

我抹了把臉，把笑到快要抽筋的表情拉回來，然後再看了一眼，角落那個，昨天被我綁回來的女孩。她似乎因為安眠藥，還沒辦法醒來。

我蹲在她面前，從臉的輪廓，到身上那件看起來頗新的白色碎花洋裝，我完全能明白，她是帶著多麼雀躍的心情，來和我見面，見我這個當了她的師父，當了半年的網友。

我們是在一款《劍俠情緣3》的遊戲認識的。應該說，我靠這個遊戲認識了很多女孩，她們只要是住在台灣，我都很樂意當他們想像中的，帥氣師父。當然了，真正花時間練等、帶練的人不是我，我沒那麼多時間，主要都是由阿君幫我練，我只要固定在晚上，待在大家約定好的老地方，陪她們聊天就行。她們通常會抱怨家人、同學，反正高中生或大學生會抱怨的就那些。我會細心為她們分憂解勞，言語中更會巧妙地說些曖昧的話，讓她們自己誤會、自己開口說要見面。

基本上到這一關就很好過濾了，因為見面前需要知道長相，才不會在茫茫人海裡，找不到人。交換了照片，她們通常都很高興，畢竟我的外表很吃香，但她們……幾乎被淘汰的居多。

要能找到一個讓我滿意的，很少。就算見了面，也可能和照片相差甚遠，什麼興致都沒了。

我不知道這樣讓我失去興致的有多少個，只有她，這個昨天才第一次見面的女孩——是我尋找已久的人。

我摸了摸她柔軟的頭髮，再沿著她的眉眼慢慢往下，最後停在她那微翹的嘴唇上，我笑了，像找到珍惜的寶物般，我的心情好得想立刻告訴阿君，我以後再也不幹這種事了，我只要她，有她就好。

因為她和語舒，是那麼地相像，就好像樣語舒再次回來身邊一樣。

「我的親愛的，你怎麼不在我身邊，一個人過一天，像過一年。」我輕輕哼著歌，那雙長長的睫毛眨了眨眼。

她一睜眼就吸飽氣想要尖叫，我立刻摀住她的嘴。「不要叫，女生的尖叫很刺耳，我很討厭。不要讓我生氣，好嗎？」我晃了晃手中的刀，禮貌詢問。

見她點頭同意，我這才放開手。

「師父……你為什麼要這樣對我？是你幫我的點的那杯飲料嗎？你動了手腳？」

「問點建設性的。」我不耐煩地嘆口氣。

「我還能回家嗎？」

「嗯、這個問題很蠢，妳覺得妳都看到我的臉了，還有可能嗎？」

她的眼眶漸漸泛紅，卻因為害怕我的刀子，而不敢哭出聲。

「很好，很乖。告訴妳一件好事吧！我想我不會那麼快殺妳，至少妳可以活得比其他人久，久到一直都不用死，也有可能。」

「真的？」

「真的，只要妳當好我的人偶，只說我要妳說的話，我可以考慮。」我好想看這張臉，做出和語舒一樣的表情，希望能連笑容都學得一樣，這樣我就能……假裝我們都沒變。

我有的時候會問問自己，真的有那麼喜歡語舒嗎？

真的嗎？

我喜歡她什麼？

這個答案我愈是去想，就愈模糊，好像我從沒喜歡過她一樣。

矛盾的是，我只要看見和她有點神似的女生，就會深深被她們吸引，但每一次，又會想讓她們痛苦，看她們扭曲的表情，就好像看到那晚語舒被人欺辱時一樣，非常真實。

並且，我非常地……快樂。

那是一種帶了點疏離的快樂，好像只是在看電影，不小心跟著笑出來，但其實根本不覺得好笑。

「師父，我本來……非常期待見到你。」她吶吶地說。

「現在呢？是不是非常後悔？」

「早知道，我最後不要跟我媽那樣說話……早知道、我就不要一直玩遊戲……早知道，我就不要喜歡你了！」

最後那句讓我一怔！

沒有一個被我綁來的女孩，還會記得原本對我有過什麼遐想，她們只會害怕得大哭大罵，就算好心要給她們水，也會被她們恐慌地拍掉，好像我是什麼瘟疫。

「妳喜歡過我啊？」
她垂下頭，似乎不想再說話。
「喜歡一個素未謀面的人？真好笑。」
「沒見過為什麼就不能喜歡？我每天都很期待放學，因為放學就能和你聊天了！」她雖然防備地看著我，但說的話卻不假。
「反正妳現在夢醒了。」
「你不會殺我的，我認識的師父，不是這樣的……啊！」
我快速衝過去，用力地把她壓在牆上！
「妳懂我什麼啊？」
「我知道，師父的帳號有兩個人在玩，我也知道，晚上和我聊天的，是你。」
我瞪著那雙過於純真的雙眼，清澈得像從未被汙染過，每次看到這樣的眼，就會特別想讓她們哭泣，最好哭個撕心裂肺，這樣裡面的景色，就不會再這麼乾淨了。
「那又如何？」
「師父，你受傷了，你是個心裡受了傷的人，所以我們聊了這麼久，才總是只聊我的事。」

「只因為這樣？哈！妳會不會把我想得太美好了？我最喜歡施虐了！」

我立刻抓住她的頭髮，一路拖到客廳，再一腳又一腳地踹在她的肚子上！

她痛得再也無法說話，卻用著那雙憐憫的眼神看我，她愈這樣，我就愈想看她，被我毀得什麼也不剩的模樣。就像我一樣，我也什麼都不剩了。

「即使這樣，你也不會因為傷害我而快樂……啊啊！好痛！對不起、對不起！」

看吧，無論她說得多冠冕堂皇，只要給她點苦頭吃，是誰都會求饒的。

我把她的頭髮剪得亂七八糟的，故意整整兩天不給她飯吃，再拔掉她幾隻指甲，終於，她不再對我說那些噁心的話，不再用著憐憫的眼神看我了。

她的眼神空洞，只要一聽見我回家，就會怕得縮在角落，深怕我又拔她的指甲似的，她身上那件白色碎花裙，經過了一個禮拜，上頭又是血又是鼻涕的，看起來相當噁心，哪裡還有最初清純的模樣。

「喂，我再問妳一次，妳要不要照我說的做？」

「好……我要！」

她不再看我的雙眼，連笑容，都消失無蹤。

「笑，不要給我哭喪著臉。」

她聽話地擠出笑容，我只覺得難看，但因為笑起來還是很像語舒，我就不計較了。

我們開始一段「同居」生活，這樣說很奇怪，因為我有課的時候，她都是被關在房裡的，聽說一開始她還會尖叫，因為她知道外面有別人，但那個別人是我媽啊，她最會裝聾作啞了，怎麼可能會開門救她呢。

是啊。

我媽最會裝聾作啞了。

所以才能那麼冷血地，在那一天告訴我：「仕谷，你沒有錯，是那個女的自己太不幸了，你不需要為她回不回得來負責，你看你也是靠自己啊，生死關頭，誰還管得了她。」

「仕谷，媽相信你可以的，以你的堅強，一定能畢業的，畢業了，就什麼也別想，把一切都忘了吧！」

「仕谷，媽知道你還是個好孩子，你只是……還想不開而已，對吧？」

她說過的話，我都記得分毫不差，每次回想起來，都像想起笑話般，特別好笑。

※

經過了最開始的調教，女孩配合度愈來愈好，再也沒有想過要逃走，日子過得愜意，轉眼三、四個月過去了。

我覺得她表現很好，所以偶爾會帶她出去走走，還幫她買了許多衣服，她也愈來愈會配合我聊天，並且避開所有敏感的話題。

完美。

我記得有人失去心愛的人，會想要去複製一個愛人，那多蠢啊，複製的又沒有生命，要就像我一樣，找個有血有肉的替代品。

「師父，我們可以看電影嗎？」

「啥？情侶才會一起看電影。」

「我以為我們……好吧。」她相當失望地低下頭，我有點愧疚，又接著說了一部鬼片，如果她敢，我們就去。

結果她真的答應了，明明怕得眼睛都睜不開，卻還死死抓著我的手——不說，我們真的像戀人。

「仕谷，你真的要忘了我嗎？」黑暗中，眼前看到的不是電影，而是大大的語舒，出現在銀幕裡。

「你不愛我了嗎？我那麼愛你！你怎麼捨得讓我那麼痛！你說啊！」

我瞬間驚醒，才發現我不是睡在電影院，而是睡在公園，一直和我銬著的女孩，乖乖坐在旁邊，寸步不離。

我看了手銬一眼，算了，高中生哪會解開手銬啊，我的擔心是多餘的。

「我怎麼會在這兒？」

「你看到一半說不要看了，大叫地跑出來，我還以為真的那麼恐怖，結果你抽完菸後，就更奇怪了，我沒辦法形容，接著你就在椅子上呼呼大睡了。」

聽她的形容，我大概知道發生什麼了。

我呼麻了。

隨身攜帶的麻，只要心情被逼到極點，吸上兩口，就能將一切放空。

她不再說話，靜靜坐在一旁，目光卻看向遠方，順著方向看去，她在看月亮，像個思鄉的人。

那晚，滿嘴鮮血的我，躺在荒郊野外的地上時，我也是像她這樣，一直在看月亮。

「回去了。」

我們的手銬藏在外套裡，所以就算走在街上，也不會有人發現，但其實她只要大聲呼叫，就能逃得了了，她卻一次也沒試過。

「妳說妳叫什麼名字？」

「楊靜書。」

「這名字不好，以後不准再說妳叫這個名字。妳以後就叫李語舒。」

她沒有說話，眼神裡最後一點掙扎意識，隨著我的命令，消失得一點也不剩。絕望吧。

這才是真的絕望。

死不了，也活不下去。

更沒有機會了斷自己。

「很痛苦吧？」

「……」

「活著就是痛苦。」

從這天晚上後，她再也不說話了。明明之前還自以為是個聖母，試圖想感化我，但她卻變了。

彷彿在我奪走她名字的瞬間，她就成了個沒有靈魂的木偶。無論我怎麼蹂躪她，她都不再喊痛，也不再哭泣。

「阿君，你上。」我叼著大麻菸，使喚阿君。

「我？要幹麼？」

「搞她啊！」

「可……阿谷，你從來沒要我這樣過啊，而且你不是對她……」

「怎麼？反抗我？」

周秉君立刻低下頭，抖著手地脫褲子，但他卻無法執行好我的命令，想不到那麼軟弱的他，竟然硬都硬不起來！真夠沒用！

「滾。」

我瞥了她一眼，她仍然沒有任何情緒反應地坐在角落，好像剛剛就算真的被其他的人給上了，她也不會怎樣。

我抓著她的臉。「妳以為這樣我就會放過妳了嗎？我不會讓妳死，更不會放了妳。」

她的眼神依舊看著地面，連一滴眼淚都覺得奢侈。好似她已經抽離了靈魂，正飄在半空看著自己的慘況。

真煩躁。

我不懂我為什麼這麼煩躁。

我打開線上遊戲，想要再找新獵物，但跟那些女生聊天，再也無法激起我的興趣，我火大地用力踹她好幾腳！但她除了嘴角和眼睛出現紅絲之外，表情，依然。

「啊啊啊啊！」我無法克制地抽起一根又一根的大麻，世界天旋地轉，煩躁的心情消失了，我置身在飄飄然的世界，這裡再也沒有我害怕的惡夢，沒有血、也沒有她，沒有語舒。

※

最近，有學生說我的黑眼圈愈來愈重了，我解釋因為在準備教學內容才晚睡，他們不知道，最近小考的題目，我都是讓工具人周秉君處理的，一回家我只想待在大麻的世界。

就在我渾渾噩噩到突然清醒時，發現女孩正捧著飯碗在吃飯。

「妳哪來的食物？」

「……」

我一把掀了她的碗，飯菜灑滿了滿地，但仔細一看，都是我喜歡吃的菜。

我打開門跑到客廳，瞪著正在看新聞的媽媽，想質問卻說不出話來。

「仕谷，餓了嗎？飯菜剛煮好，要吃嗎？」

「是妳給她飯的？妳有我房間的鑰匙？」

「人家是客人，餓著人家不好。」她沒有正面回答我的問題，更沒有問我，女孩為何手腳都被銬上鐐銬。

「哈、哈哈哈哈哈！哈哈哈哈哈哈！」我發狂地笑著，我甚至不知道什麼好笑，就是覺得想笑到停不下來！

「仕谷，你怎麼了？是不是身體不舒服？」

「媽，我不舒服的，是身體嗎？妳覺得是嗎？」

我覺得，自己好像快分裂了。就像那些被我分割成一塊塊的屍體一樣，我覺得，自己快變成那樣了，不需假任何人的手，我就能自動碎裂。更可怕的是，碎掉的我，還死不了，得用著碎掉的身體，繼續苟活在這個世界上。

所以這樣比起來，那些已經死的人，比我幸運太多了。

我衝回房間，抓著女孩的身體瘋狂地搖晃！「喂！妳怎麼還不死！快點死啊！自己咬斷舌頭死掉啊！妳果然怕死對吧！妳怕死！哈哈哈哈哈！妳怕死！」

最後，我只能請假了。

我知道自己再也無法假裝成正常人，若無其事地去教課了。

大麻又被我抽光了，用那女孩的證件借的錢，也只夠再買一次貨。媽都不知道，我根本沒剩什麼財產。

半夜一點多，我把睡著的女孩拉起來。

「走。」

她沒有多問要去哪，我故意當著她的面，拿出那些我用來分屍的工具，全都丟到後車廂，她不逃也不躲，乖乖坐在副駕駛座上。

開到一半，我忽然感到頭痛欲烈！痛到我無法再直視前方，我趕緊踩了煞車停在路邊，我痛到發狂大叫！猛敲著方向盤！

不知道過了多久，痛到快要死的痛感退去，我滿身是汗，一旁的女孩終於有一點表情了，那看起來就像是在擔心。

我拿出鐐銬的鑰匙，把她解開後說：「妳去對面的超商幫我買水。」

她點點頭，緩慢地穿越馬路走進超商，見她挑了一瓶水結帳，我放心下來。但下一秒，我發現，她不知道在跟店員說什麼的樣子，且愈說神情愈緊張。

「幹！」我咒罵一聲！就知道不能信任這個婊子！

想逃？沒那麼容易！

我立刻開門下車，顧不得紅燈，就直接衝了過去！

喀機——砰！

瞬間，我感覺自己短暫地飛上了天空，即使只有零點幾秒，我仍覺得這霎那間的飛翔，好自由。砰。我掉了地上，頭感覺更昏了，卻沒有剛剛快要撕裂般的痛感，溫熱的血流出，我也聞不到血腥味。

我疑惑坐起身，想著為什麼我什麼都感覺不到，轉頭瞥了眼超商，發現女孩正在講電話，完全沒發現外面的我，已經成了這副樣子。

我聽見汽車重新發動的聲音，等到我回頭，車子再次撞上我！砰！

原來，這就是死亡。

那天晚上，語舒是不是也是這樣呢？什麼也感受不到，剩下的最後一絲念想，很純粹。

就是，還想再見語舒一面。

我想起來了，為什麼我會喜歡她。

「阿谷，我們其實很像。」

「哪裡像？」

「我們都努力假裝不在意這個世界，但其實內心比誰都孤單。還好，我遇見了你，不對，還好，我的孤單吸引到你，所以你才會出現在我面前，對吧？」

我睜開滿嘴是血的嘴，我的肺應該破了，所以連想要說話，都說不清楚，發出來的聲音都是咕嚕咕嚕的。

臨近生命終結瞬間，我好想好想對那天接受我求婚的語舒說：「不對，是還好，妳願意成為我孤單的一部分，我的黑夜才能不再孤獨。」

都結束了。

終於，都能結束了。

我早該死掉的，就死在那一天才對。

我根本不該求他們，讓我活下來的。

更不該，幫著他們，一起把語舒的屍體，分成一塊又一塊。

她的那一天

「妳的指甲真漂亮！」

每次，只要突然被人這樣稱讚，我就會嚇一跳，有如驚弓之鳥般，迅速把手收進口袋，好像怕別人多看了一眼，就會把我的指甲收走似的。

創傷後壓力症候群。

我知道我的內心哪裡壞掉了，可是我一直努力和黑暗的自己對抗，盡量不去類似的地方，也不看類似的電影，什麼都不做的話，就會漸漸遺忘的。

仔細想想，我的PTSD已經好久沒復發了，這全是因為，我遇到了那個人的緣故，那個、拯救了我，卻還不自知，獨自活在愧疚中的人。溫奎臣，他是我最愛的人。

愛他不是因為他救了我。

一開始故意接近他，確實是因為想知道他是什麼樣的人，是殘忍的人？還是一時鬼迷心竅的人。

但他兩種都不是，他是——背負太多的人。

明明他都已經承受那麼多了，但他卻像沒感覺似的，看到有需要幫助的人，還是會拚命地伸出援手，比如我，就是個活生生的例子。

他願意犧牲僅剩的休息時間，只因為我說，想去看日出，也會為了我想吃哪家的牛肉麵，某天趁著我加班，就買來給我。

他對我太好了，好到有天我說：「別把精力都浪費在我身上，你的工作就已經忙得走不開了！」

沒想到，他卻露出了很寂寞的表情。「可是啊，沒有別人了。對阿軒太好，他女友會吃醋，說兩個大男人在她面前互相體貼，是不是想給她戴綠帽。所以除了阿軒，只剩下妳了。」

「你喜歡我嗎？」

他低下頭，猶豫了很久才說：「我不知道我應不應該……」

「溫奎臣，把頭抬起來！沒有什麼應不應該，你只要回答，是不是喜歡我就好了！」

他的雙眼充滿了猶豫和自卑，或者更多的是，他對自己的否定。這些日子以來，我已經把他看得透徹，他就是那樣的傻瓜。傻到會讓人心疼，傻到讓我好想告訴他，不要再愧疚了！那件事沒有什麼好愧疚的！

「我喜歡妳，楊靜書。」他鼓足了勇氣，用著最好聽的聲音，說出了心意。

不該逼他告白的，我們不該在一起，可愈是看著他的雙眼，我就愈心動。每次不經意的觸碰，每次不經意地對到眼，這些……都讓我心動。我知道自己已經先越過，事先劃好的線了。

「那你可不可以跟我保證，不要喜歡我太久？」

「咦？那、那個……我知道妳對我沒感覺，所以不用這麼勉強地先答應我，然後又……」

「我不是要哪天故意甩了你而找藉口！我只是，希望你不要太喜歡我太久，誰知道我哪天會不會突然死去？如果你喜歡我太久，我會很困擾，會死不瞑目！」

他不禁笑出聲。「哪有人說自己會死不瞑目的？好！我答應妳，妳說什麼都好。」一句寵溺的話，讓我再也顧不得了，我一步步走近他，第一次能這沒清楚地看著他的臉，我撫摸著他的手，上頭充滿了厚厚的繭。

「妳幹麼一直摸我的繭？」

「因為想記住啊，這是你曾經很努力的痕跡。」

我記得那天我說完這句話，他的耳朵都紅到耳根子了，記得他隨便找個藉口就逃走了。搞得好像我才是告白的男生，他才是小女孩似的。

回歸現實，我知道，那些甜蜜的過往再也不會有了。

我已經離開他，還把真相也都告訴他了。現在的他，肯定認為我很髒，或者是我根本就是故意接近他。雖然確實是故意。

不要緊的，就是要讓他恨我，他的人生才有辦法真正往前，而不是被這一堆，不屬於他的枷鎖束縛。

這些枷鎖，是我的。

從頭到尾都是我的，彷彿那一天，那個惡魔替我上的鐐銬，從未取下過似的。

※

我小時候非常自閉，從來不敢和陌生的小朋友說話，就算他們來找我玩，我也都會怕得低下頭，好像他們是很可怕的存在一樣，很快地，我就被排擠了。

從幼稚園到小學畢業，再從國中升上高中，發生在我身上的事，從來沒有改變。

我唯一的樂趣，就是在高二時，無意間接觸到一款遊戲，那是款武俠線上遊戲，而且還要收費，這對我來說雖然是個負擔，但不知不覺卻成了甜蜜的負擔。

一開始，我在遊戲裡也是孤獨的一匹狼，不和別的玩家打交道，自顧自地收集材料練做裝備的等級、也練廚藝的等級，為此我樂此不疲。後來我能做的裝備等級已經很高了，也賣了不少錢。某天，為了做一個披肩，需要一個非常特殊的材料，一定要參加大型副本才能得到。

我不得已隨便加入了一個野團，我的職業是遠程攻擊的唐門，一開始我根本搞不清楚地上的紅圈是什麼意思，後來才知道那是怪在放大招，被打中一次後，我很快就觀察出怪物的移動速度，一邊閃躲紅圈一邊攻擊。雖然一開始還有人罵我是不是新手，但打到最後面，罵我的人都已經陣亡。

我沒有如願拿到想要的材料，倒是拿到其他職業的裝備，我直接送給了在場相符的職業，就走了。

也就在那時，原本的隊長私訊我，問我有沒有興趣以後都跟他們打，我本來不太情願。

「妳打這個副本有需要什麼東西嗎？」

我說出想要的材料之後，他居然說他可以給我五十個，只要我每天跟他們打三場就可以。

再怎麼孤僻的我，也無法拒絕這麼好的提議，當然一口就答應了。

隨著每天跟同一組人打三次副本，我也漸漸了解了他們每一個人，有的是上班族，有兩個是國中生，有三個和我一樣是高中生，只有隊長，他的身份最神祕。

「小V，妳要不要當我的徒弟，幫我解一下師徒任務？」某天，隊長偷偷問我。

「當徒弟有什麼好處嗎？」

「看妳需要什麼材料，為師都打給妳。」

我再一次為了材料，出賣自己。

我們常常在週末的深夜，一人一匹馬奔馳在偏僻的沙漠，只為了找一株藥草讓我升級廚藝等級，也一起用輕功跋山涉水，只為了找特殊的礦石。

我漸漸地，喜歡上那個在螢幕畫面裡，長相瀟灑帥氣的角色，喜歡上那個總是溫柔，又很厲害的師父。

我的校園生活變得不再痛苦，面對那些精神霸凌我也不會難過了，因為我知道，只要等到放學回家，師父就會在線上等我，他會一直等著我，只等我。

高三來到苦悶的下學期，大家都為了指考在努力，唯獨我，面對自己的未來徬徨無助，我沒有什麼好成績，也沒有夢想，媽媽只會說，只要沒考到公立，就叫我出去找工作。別人總是很期待未來、期待長大，對我來說，都是一種壓力。

去了大學，會有更多需要社交的場合，屆時我一樣只會被排擠，我……一點都不想長大。

「既然這樣，要不要一起出去走走散心？也許妳會找到答案。」

心儀那麼久的師父說要見面，我哪有拒絕的道理，當然一口答應了。我自己都沒發現，那時我只要跟師父說話，哪裡還有什麼自閉，聒噪得可能都要被嫌吵了。

我們見面了，初次見的午餐真的很開心，後來他說要回家拿電池，就這樣……就這樣，我再也無法回家。

※

一開始，我還努力過，認為師父絕對不會是這種人，一定是哪裡搞錯了，一定是他太難過了，才會這樣對我。

這種愚蠢的認知很快就被打碎，他只會一遍又一遍，把我的希望踩碎，當我愈來愈絕望，他看起來也愈來愈不快樂。

我獨自被關在房裡的時間常常很久，久到甚至整整一天，我都沒喝到半滴水。

那次，我被餓了兩天，全身無力地，躺在地上奄奄一息時，緊閉的門打開了，進來的是一名婦人，她端了一碗飯菜和一瓶水，我立刻狼吞虎嚥地吃完。

後來，她忽然緊緊握住我的手，眼眶紅紅地看著我良久，說道：「對不起啊、對不起啊。」

我搖搖頭。「阿姨，謝謝妳。」

她似乎被我的道謝震住，慌亂逃離房間。

我不能明白，她為什麼要那麼害怕。

每天獨自在黑暗中的日子，很容易習慣，我經常看著窗外透著些許的光，依照光線的變化，慢慢感受時間的流逝。黑夜就比較難熬了，常常等了很久，還以為晨曦不會來，往往來的都是，清晨回到家的師父。

他或許對我施虐一番，或許又拔掉我一塊指甲，又或許，對我做了那種事。

人類是一種很認命的動物，當知道一切再也沒有希望時，就不會再做無謂的反抗，只能努力把自己變得更像木偶，麻木地接受一切。

某天，我發現師父似乎把我當成了別人，當他吸食毒品後，會突然看著我，說些我聽不懂的話，說著說著，就哭了。

那時我覺得很震撼，或許，師父變成這樣，也不是自願的。

這可能是斯德哥爾摩症候群，當然，這個名詞是我長大後才了解的。

師父的狀況愈來愈糟，糟到某天，他忽然在吸食毒品沒多久，說要帶我出去。

開著車的他，看起來很痛苦，是身心靈都痛苦的那種，最後他痛到停在路邊哀號。過了半晌，他解開我的鐐銬，要我去超商買水。

我很擔心這樣的師父，有吸食毒品的他，又不能去醫院，唯一能幫忙的，只有他的媽媽。我記得他們家的電話，以前還沒見面時，有打過幾次，所以就跟店員借電話，希望能打回他家。

後來，沒有後來。

他的媽媽沒能即時接聽，而師父被人撞死在路中央，動也不動。

我慢慢跟著店員走到外頭，店員急著報警，唯獨我，蹲在超商外，看著師父的生命，一點一滴消失，內心被強制停止了很久的情緒，終於，恢復了。

我全身發著抖哭起來，店員以為我是看到車禍太恐怖，連忙安慰。

我愈哭愈大聲，忍不住吶喊：「媽媽、媽媽——」這些日子我都沒能喊出的呼救聲，就這樣跟著師父的死，傾瀉而出。

「我想回家！我想回家了……請、請借我電話！」我打給了媽媽，她和師父的媽媽不同，只響了三聲就接了，彷彿這些日子以來，她一直在等我打電話回家。

爸媽連夜趕車來接我，等他們抵達時，見到滿是傷、又瘦得不成人形的我，他們也哭了。

我們三個人抱在一起哭了很久，很久。

回程的路上，他們什麼也沒問，讓我默默流著不知所以的眼淚。

我是在為師父難過嗎？真的嗎？我會為了那個，給我這麼多傷害的人難過？這個問題，即使現在想起來，我也覺得很可笑。但可能在被他監禁的那段日子，我不小心同情他了。因為，他比誰都可憐。他並不是為了快樂才傷害我，他是為了，提醒自己的痛苦。

在爸媽來之前，我緊緊盯著師父是如何被送走，而肇事者又是如何跪在一旁，不知所措的。

我永遠記得那個青年，面如死灰的模樣，彷彿已置身地獄似的，是那樣絕望。

我很想告訴他：「你不用那麼絕望，你救了我，我也許在今天晚上，是要被師父帶去解決掉的也說不定，然後這個世上就再也沒有楊靜書了，所以、所以……謝謝你。」

※

結束直播後，那名男孩一直眼巴巴地看著我，似乎很害怕我會殺了他。

我蹲下來，手拿著梆頭對著他的臉輕拍。「小弟弟，你的人生很悲慘是你的事，不需要讓別人的人生，也變得一團糟。還有，辛苦了，接下來你有好長一段時間，要和你的愧疚感共處了。」

「妳會殺了我嗎？」

「現在才怕死？那你剛剛幹麼不趁我直播的時候逃走，還是在直播中大喊救命？」

「我很害怕，因為我覺得妳真的會殺了我。」

恍若之間，我從他身上，看到了當年自己的影子，也從我身上，看到了王仕谷。

「都結束了，對嗎？」男孩又問。

「嗯。」

「其實、其實我……」

「不要說，你原本想在直播裡說的事，一個字都不要和人提起，永遠和你的愧疚共存吧，像我一樣。」

「可是，那個人讓我爸轉告我，誰也不欠誰！所以我沒必要愧疚！」

我一愣。「那個人是？」

「就是那個殺人犯說的啊，我決定相信他說的，誰也不欠誰。」

「誰也不欠誰……」

要是我也能不欠任何人就好了。

我丟掉了梳頭，再丟出一張千鈔。「回家吧，別再讓你的家人擔心。」

我獨自來到周秉君投案的警局，清楚表明，我是周秉君案子的受害人之一，並且能夠提供證詞。

「警察先生，我也要為這個案子當證人，我是——主嫌的母親，林美花。」

這個熟悉又陌生的聲音，在我身後傳來，轉頭，在我面前的是一名老婦人，一名曾給我一飯之恩的老婦人。

「都結束了。」她這麼對我說。「也該結束了。」

警察對於我們兩人出現，是困擾多過於驚訝，話題在當晚就炸開了，所有新聞的頭條，都在報導這起連續殺人案的最新發展！更連帶，把最近沸騰的兩起酒駕案通通壓下去。沒有人再為霍恆瑞的死，判定他是不是死有餘辜，也沒有人再去探究十一年前的酒駕者，是不是泯滅人性。曾經如颶風般捲起來的新聞，離去時也和颶風一樣，快速得讓人難以適應。

我協助警方偵訊了整整十四個小時，直到把所有我能提供的線索都一一確認，他們才讓我離開。

當我一踏出警局，就被媒體團團包圍，我被眾多的麥克風和攝影機圍住，那些閃光燈照得我不知所措。

就在這時，一隻溫暖的手拉住了我，迅速地帶著我奔跑，一路跑到大馬路邊攔計程車，驚險躲過媒體的追逐。

我喘著氣，盯著那張每次讓我看了，都會心疼的側臉。

「為什麼……」

「餓了吧？我買了妳愛吃的，回去熱一熱就可以了。」

「你……不覺得我噁心嗎？像個跟蹤狂一樣地進入你的世界。」

「妳不是說都結束了嗎？」他轉頭，接近中午的陽光從車窗透進來，在這刺眼的畫面中，他笑得比陽光還燦爛。「所以現在，我們只要往前就好，一起往前。」

我握緊了他的手，努力忍著，不讓眼淚掉下來。

「我在媒體面前曝光了，可能以前的債主會找上門來，就是、以前那個時候，祂用我的名字去借的……」

「我也還有好多債呢。」他按下車窗，有點炙熱的風吹進車內。「可是人生不就是這樣嗎？沒有痛苦，怎麼感受得到幸福。」

我想起王仕谷曾說過：「活著就是痛苦。」

我跟著奎，破涕為笑。

是啊，沒有痛苦，怎麼會感受得到幸福。

「誰也不欠誰。」

「嗯？」

「你對陳彥儒說，讓他以後誰也不欠誰，我也可以嗎？」

他笑了。「當然，妳不欠我，也不欠王仕谷，妳誰也不欠了，我們都扯平了，沒有人再需要為誰愧疚了。」

不需要再為誰愧疚。這句話如同救贖，也如同一道希望，我的眼睛有點酸，好想現在就緊緊把這個人抱住，謝謝他總是在關鍵的時候，救贖了我。

「不過，妳為什麼要告訴妳的老師，說我叫王必軒？」

「因為那天跟你吵架了，所以才回去找老師聊天的。結果聊到最後，發現我都是在聊你的好，實在很不甘心。」

「什麼啊，原來是這樣。」

「吃醋？」

「怎麼可能？」

「吃醋了吧。」

「對，吃醋了。」

後記

每次我只要寫犯罪類型的作品，出發點的原因一定都很黑暗。比如《青鳥的眼淚》我是為了諷刺三從四德，那麼這次的《我所不知道的那一天》也是以諷刺時事為出發點。

作品寫於二〇二一年春天，截至那時為止，酒駕就已經進行過四次修法，可直到如今二〇二三年了，酒駕的相關案件依然持續在發生，我沒有感覺減少多少。

回到寫此書的出發點，除了有那些頻頻發生的酒駕案件，還有也不亞於酒駕致死的大卡車、公車致死等車禍，我曾耳聞從事相關行業的人說過一個黑祕密，走路被撞了一定要爬到斑馬線上，開卡車撞了人要就直接撞死，這種傳聞當然不可言信，但也同時被記在心裡。

綜觀台灣的車禍致死案件頻率實在太高，又加上如果被害者年紀較輕，通常會被冠上孝子、孝女的美稱。車禍致死固然可惡，同時我又忍不住站在對立面去想——那些被害者的生前，真如新聞所報導那樣嗎？如果他平時是個只會跟做回收的阿嬤要錢的孫子呢？如果他是個會把女友分屍埋花壇底下的富二代呢？

那些真相彷彿都跟著被埋進墳墓，**故事要怎麼說，永遠是活人的決定**。

此次的小說並沒有特別站在哪一邊，我諷刺那些只會逼人喝一杯沒關係的人們；那些因為貧窮而殺人的懦弱者；以及許多真相就這樣被埋藏的一切。

無論如何，此故事純屬虛構，請勿對號入座，請不要攻擊作者，我很膽小，但又很喜歡寫和社會相關的人事物。

逆思流

我所不知道的那一天

作者／A.Z.
執行長／陳君平　榮譽發行人／黃鎮隆
協理／洪琇菁　國際版權／黃令歡
總編輯／呂尚燁　美術編輯／李政儀
執行編輯／石書豪
發行／英屬蓋曼群島商家庭傳媒股份有限公司城邦分公司　尖端出版
台北市中山區民生東路二段一四一號十樓
電話：（〇二）二五〇〇－七六〇〇（代表號）
傳真：（〇二）二五〇〇－一九七九
中彰投以北經銷／楨彥有限公司
（含宜花東）電話：（〇二）八九一九－三三六九
傳真：（〇二）八九一四－五五二四
雲嘉經銷／威信圖書有限公司　嘉義公司
電話：（〇五）二三三－三八五二
傳真：（〇五）二三三－三八六三
南部經銷／威信圖書有限公司　高雄公司
客服專線：〇八〇〇－〇二八－〇二八
電話：（〇七）三七三－〇〇七九
傳真：（〇七）三七三－〇〇八七
香港總經銷／城邦（香港）出版集團有限公司
香港灣仔駱克道193號東超商業中心1樓
電話：（八五二）二五〇八－六二三一
傳真：（八五二）二五七八－九三三七
E-mail：hkcite@biznetvigator.com
馬新經銷／城邦（馬新）出版集團　Cite(M)Sdn.Bhd.
E-mail：Cite@cite.com.my
法律顧問／王子文律師　元禾法律事務所
台北市羅斯福路三段三十七號十五樓
二〇二三年十二月一版一刷

■中文版■

郵購注意事項：
1. 填妥劃撥單資料：帳號：50003021戶名：英屬蓋曼群島商家庭傳媒(股)公司城邦分公司。2. 通信欄內註明訂購書名與冊數。3. 劃撥金額低於500元，請加附掛號郵資50元。如劃撥日起 10～14日，仍未收到書時，請洽劃撥組。劃撥專線TEL：(03)312-4212 ． FAX：(03)322-4621。E-mail：marketing@spp.com.tw

國家圖書館出版品預行編目資料

我所不知道的那一天 ／ A.Z. 作 ； --1版.
--臺北市：尖端出版，2023.12
面 ； 公分. --(逆思流)
譯自：
ISBN 978-626-377-353-0(平裝)

863.57　　112016474